내게 새겨진 장면들

내게

새겨진

장면들

이 음

에세이

프롤로그

언젠가, 우연히 한 작가를 만난 적이 있다. 레지던시 보고전 상영회에서였다. 그곳은 주택을 개조한 화실 안이었는데, 상영하는 내내 옆에선 고양이가 얕게 울었고, 화면 속에선 갈라지고 일그러지면서 몽환적인 멜로디를 쏟아냈다. 그런 장소, 그런 분위기였다.

작가는 대략 2년 정도를 해외에 머물렀다고 했다. 거기엔 천사와 박쥐들이 있었고, 릴케의 시를 몸에 새기려는 사람들이 있었으며, 언어 대신 몸으로 말하는 사람들이 있었다. 이들 각자는 모두 자신이 살던 곳을 떠나온 사람들이었다. 나는 그들이 나누는 대화를 전혀 알아들을 수 없었지만, 어떤 순간에는 내가 잠시나마 대화에 참여하고 있는 듯한 착각이 들기도 했다. 모든 걸 지켜본 나는, 그가 마치 예술로 유목을 하는 사람처럼 보였다. 그렇게 그는 자신이 만난 사람들과 사연을

편지에 담아 부쳤다.

그가 적은 문장에는 이런 문구가 있었다.

'나는 머무르면서도, 여러 곳을 다녀올 수 있었다.
 나는 이곳에 돌아왔지만, 무언가는 돌아오지 못했다.'

이 말은 내게 깊은 자국을 남겼다. 어쩌면, 내가 글을 쓰게 된 이유일지도 모른다.

내가 여분의 시간을 사는 동안, 몇몇 과거의 시간이 다가와 어렴풋한 기척을 남긴다. 긴 시차를 두고 다시금 떠오르는 이유는 아직 할 말이 남았기 때문일 것이다. 듣고 싶은 말이, 남은 마음이 존재하기 때문일 것이다.

나는 장소건, 시간이건 하나의 상태를 벗어나며 갖게 되는 특유의 시각이 있다고 믿는다. 시점이라고 해도 좋다. 어제와 오늘이 다르듯, 한 사건을 대하는 나의 태도 역시도 시간과 장소마다 다르다. 그래서 내게 글을 쓰는 일이란, 이미 지나간 시간을 재감각하는 일에 가깝다. 아직 돌아오지 못한 무언가에 관해 쓰는 일이다. 그렇게 글을 쓰며, 나는 대체로 무언가를 잘 이해하게 되지만, 더 나은 사람이 되었다고 생각하지는 않는다. 도리어, 미안한 감정만이 선명하다. 나는 자주 부끄러워진다.

나는 여러 시간의 일을 여러 계절 동안 적었다. 한여름의 일을 긴 겨울에 걸쳐 짓는가 하면, 내 나이쯤 된 어린 부모의 이야기를 지금의 내가 되어서야 썼다. 그사이 퇴사를 했고, 이사를 했다. 간절기를 심하게 앓았고, 나이를 먹었다. 어디론가 자주 떠났다. 연락이 끊긴 사람과 겨우 연락이 닿은 사람이 있다. 그리고, 이 모든 과정에 함께 해준 당신이 있다. 당신은 내게 있어 가장 흔한 기적이다.

· 목차 ·

1장

내게 새겨진 장면들

나는 여전히 내 일에 대해 생각해

　　내가 첫 책을 냈던 날은 2017년, 여름이었다. 수없이 읽어온 글임에도 굳이 합정동 교보문고까지 가 신간 매대에 진열된 책을 한참 동안 바라본 기억이 난다. 지켜보는 내내 버겁도록 좋으면서도, 알 수 없는 불안감이 마음속에 술렁였던. 그 감각을 잊을 수 없다. 그렇게 서점 구석에서 책을 거진 다 읽고 나면 나는 다시 먼 길을 돌아왔다. 피곤한 몸으로 땀을 뻘뻘 흘리면서. 이러한 일을 보름쯤 반복했던 것 같다. 이주 가량이 지나고 나자 슬슬 정체 모를 불안감이 더 선명해지기 시작했다. 상황을 점차 현실적으로 받아들였다. 이대로 책이 안 팔리면 어쩌지, 하는 생각이 꼬리를 물고 이어졌다. 하루하루가 초조하게 흘러갔다. 그 불안감이 유독 큰 날이면, 나는 서점에서 읽고 있던 내 책을 사 집으로 돌아왔다. 출판사에서 넉넉하게 보내준 책이 있었지만 상관없었다. 그러면 마음이 조금 편안해졌다.

그때부터 나는 내가 글을 쓰고 싶어 하는 욕구만큼, 누군가에게 읽혔으면 하는 바람도 커져갔다. 나는 안 되겠다 싶어 원고를 집필했던 장소와 첫 계약을 하던 카페, 내가 사랑하는 시인이 자주 들른다는 서점과 그 밖의 몇몇 곳들을 돌아다니며 책을 선물했다. 무더운 여름이었는데, 가방에 서너 권의 책을 넣고 다니며 정말 열심히 뿌리고 다녔다. 첫 책을 계약했던 카페에 가서는 예쁘게 포장된 분홍색 성냥을 사 왔고, 시인이 자주 들른다는 서점에는 책과 함께 포슬포슬한 빵 하나를 드렸다. 그 외에도 손편지며, 책갈피며 하는 것들을 정성스럽게 담아 건넸다. 물론, 큰 변화가 일어나는 것은 아니었다. 여전히 나는 서점에 들렀고, 이따금 내 책을 샀으며, 집에 와서는 다시 글을 쓰기 시작했다.

반복적이고, 빤한 일들로 며칠이 정신없게 지나갔다. 어찌 됐든 감사하게도 나는 여러 곳에서 많은 연락을 받았다. 대개 글을 잘 보았다는 서문을 시작으로 원고를 청탁하는 내용의 메일들이었다. 그리고 그러한 부탁의 말끝에는 항상 '고료는 지급해드릴 수 없다'는 말이 관용적인 안부처럼 붙어있었다. 몇몇 요청은 수락했고, 또 어느 부탁은 거절했다. 글을 쓰면서도 이대로 괜찮은 걸까, 내 노동의 가치는 이 정도밖에 안 되는 걸까, 하고 생각했다. 무언가 부당하고 무례하다고 느꼈지만 내가 할 수 있는 일은 많지 않았고, 매번 별수 없다는 식으로 글을 적어 내려갔다. 당시 내가 할 수 있는 일이 그것밖에는 없어 보였다.

결국, 나는 여러 과정을 거쳐 에디터가 됐다. 꼬박꼬박 월급이 나왔지만, 이상하게 형편이 나아진 것 같지는 않았다. 시간적 여유든, 금전적 넉넉함이든 간에 어떠한 부추김에 시달려 살아가는 기분을 지울 수가 없었다. 에디터는 생각보다 많은 일을 해야 하는 직업이다. 원고 작성은 물론, 스케줄 관리며 현장 취재, 인터뷰, 촬영 기획 등. 까닭에 나는 매번 내가 소화할 수 있는 임계치에서 아슬아슬한 줄타기를 했다. 취재 스케줄이 바쁘게 돌아갈 적이면 더 그랬다. 강원도 해상 가두리 양식장에서 드센 바닷바람을 맞으며 취재를 하고 돌아와 유명 인플루언서와의 인터뷰를 진행할 때, 나는 이곳이 어딘지, 내가 지금 무슨 일을 하고 있는지 잘 실감이 나질 않았다. 그리고 무엇보다 외로웠다. 외부 취재 차 홀로 하룻밤을 보내는 날에는 원인 모를 허탈함과 외로움이 방 안 가득 들어찼다. 방은 늘 불탄 것처럼 검고 어두웠다. 마치 오랫동안 방치된 동굴 안으로 들어가는 듯한 기분이었다. 저녁은 한겨울밤처럼 지루했고, 어느 순간부터는 불면에 시달렸다. 잠자리에 들며 TV를 켜놓는 버릇도 그즈음 생겼다. 사람이 만들어낸 소리가, 시시하고도 소란스런 소음이 왠지 모를 위로가 됐다. 듣다 보면 마음이 한결 나아졌다. 그렇다 해도 그 순간이, 기분이 괜찮은 것은 아니었다.

하지만, 진짜 문제는 따로 있었다. 나는 글을 쓰는 데에 많은 시간을 들이는 사람인데, 내게 할당된 시간은 터무니없이 적었다. 나는 매번 비슷한 내용의 원고를 다른 말로 바꾸어 쓰기 시작했다. 습관대로 적고, 시간이 되는 한에서 문장을 고쳤다. 습관이 굳어지자 글을 쓰는 감각 또한 조금씩 무뎌졌다. 나는 내 글을 쓸 때조차 손에 익은 문장을 빌려와 쉽게 써버릇했다. 내가 어디선가 적었던 문장들로 내 글을 채워 넣었다. 나는 그것이 그렇게 괴로울 수가 없었다. 어느 날 선배 에디터에게 이러한 속사정을 털어놓았다. 그 선배는 시인이었다. 시인은 말을 빚는 사람이니까. 말의 안감을 만지고, 말을 만들어내느라 낱말과 낱말 사이에서 종종 길을 잃기도 하는 사람이니까. 선배는 내게 아주 간명하고도 확실한 대답을 내놓았다. 회사를 그만둬야지. 지금, 그 선배는 회사에 없다.

선배는 회사를 떠나며 내게 작은 노트 한 권을 선물했다. 그녀는 그 노트엔 절대 다른 글은 쓰지 말라고, 네가 쓰고 싶은 말들만 적으라고 강요하듯 말했다. 노트는 여전히 밀봉된 채 덩그러니 놓여있다. 벌써 두 달이나 지난 일이다.

바쁜 일정 속에서도 이따금 기억에 남는 순간들이 있다. 이를테면, 바짝 마른 합판에 못질을 하려면 비가 내려야 갈라지지 않는다는 말처럼, 당연한 얘기지만 나와는 무관해서 쉽게 간과하게 되는, 그런 경험들. 그럴 때면 나는 마치 세상의 한쪽 면에 치우쳐 살아온 것 같은 기분이 든다.

그래서일까, 한 어르신이 제대로 살려면 바다에 나가서 살아야 한다고 말했을 때 나는 내심 놀란 눈치였다. 왜요, 어르신. 그는 사람도 엄연히 동물인데, 자연의 주기에 맞추어 살아야 하지 않겠냐는 거였다. 일리가 있는 말 같아 고개를 끄덕이자 그는 내게 대뜸 밥을 권했다. 일정이 바쁘게 진행되던 차라 힘들 것 같다고 정중히 말씀드렸다. 그는 이해하면서도 한편으론 서운한 모양인지 한사코 같은 말을 되풀었다. 그렇지, 바쁘겠지. 밥 먹을 시간이 어딨겠어. 그래도, 좀 한 술이라도 뜨고 가면 얼마나 좋아. 그에 대고 나는 그저 멋쩍게 웃기만 했다.

이상하게 어딜 가건 사람들은 내게 밥을 권한 적이 많았다. 나는 함께 식사를 한다는 건 어떤 관계를 증명하는 편이라고 믿는 사람인데, 다들 아무렇지 않게 끼니를 권하고 대접하길 좋아했다. 취재 동안 길어 올린 해산물을 한 보따리 쟁여 주시는 일도 다반사였다. 그런 날이면 취재를 마치고 올라가는 내내 바닷내가 차 안 가득 넘쳐흘렀다. 덩달아 고생하셨다며 잡아 쥐었을 때의 거친 손, 붉게 충혈된 그의 눈, 퍼덕이며 몸부림치는 생선, 깊고 컴컴한 수심, 짜고 찬 바람, 그 계절의 농도 같은 것들도 피로한 기운과 얽혀 희미하게 아른댔다. 그리고 그제서야 내가 멀리 떠나왔음을, 한쪽 세계에서 그 반대편의 세계로 되돌아가고 있음을 실감했다. 톨게이트를 지나 길게 늘어선 차량 행렬에서 괜한 안도감을 느꼈다. 대책 없이 눈부신 도심의 모습이 낯설면서도 큰 위안이 됐다.

　나는 여전히 내 일에 대해 자주 생각한다. 오늘 아침 인터뷰에 응하지 않겠다는 인터뷰이의 연락을 받는 꿈과 취재 차 묵을 장소를 고르며 생각하는 그날의 밤. 나의 자주 허는 입, 내가 먹는 약, 내가 나약한 건 아닐까 하는 자조 어린 자책과 당장에 필요한 월급, 하루하루 변명하듯 살아가고 싶지 않았지만, 고백을 주저하며 살아가기도 싫었던 나에 대해. 앞으로 어떻게 해야 할까. 아직 잘 모르겠다. 이러한 질문은 매번 먼 반환점을 돌아 나를 다시 처음으로 데려다 놓을 뿐, 별다른 해답이 떠오르질 않는다.

만남과 운명

장마가 길었다. 하루라도 비가 잦아들 날이 없었다. 장마는 한동안 그칠 줄 모르는 아이의 울음처럼 지루하고, 끈질기게 이어졌다. 세상은 평소보다 낮은 채도를 띤 채 습기를 가득 머금고 있었다. 도심의 마디가, 낮과 밤의 경계가 흐릿했다. 하루하루는 반복적으로 흐르고, 날짜와 시간을 확인하는 일이 잦았다. 제때 널지 못한 빨랫감이 하나둘 쌓여갈 즈음, 집 안에선 점차 퀴퀴한 냄새가 났다. 향을 피우고, 방향제를 뿌려봐도 소용없었다. 향은 잠시 제자리를 지키다 금세 사라졌다. 장마에 길들여진 집은 무엇으로도 가릴 수 없는 체취처럼 진한 물비린내를 풍겼다. 정말 유례없는, 난데없는 장마였다.

비가 사그라들 무렵, 연이어 태풍 소식이 들려왔다. 이래도 괜찮을까 싶을 정도로, 지구는 자학하듯 자기파괴적으로 굴었다. 아무래도 안 되겠다 싶어 서둘러 전화를 걸었다. 취재 차 협조를 요청드렸던 몇몇 곳에서의 촬영이 어려울 것 같아서였다. 일정을 가능한 대로 미뤘다. 불가피하게 취재가 취소된 장소도 적지 않았다. 그런데, 한 어르신만이 언제쯤 올 거냐며 태연하게 물으신다. 내가 괜찮으시냐고, 태풍 피해는 없으셨냐고 안부 차 말씀드렸더니, 그런 건 걱정할 필요가 없단다. 진즉에 장마로 피해를 볼 것들은 다 봐 피해 볼 게 남아나질 않는다는 얘기였다.

"오려거든, 몇 주 후에 왔으면 좋겠는데."
"그럼요, 당연하죠. 근데, 준비해 갈 건 없을까요."

어르신이 잠시 뜸을 들였다.

"몸만 와. 근데, 뭐 볼 게 많이 없을 것 같아, 걱정이네."
"괜찮아요, 어르신. 그게 별일인가요."

이 주가 흘렀다. 나는 어르신이 일러준 장소 근처에 다다를 즈음 길을 헤맸다. 길을 쭉 들어오다 보면 작은 다리가 하나 나온다는데, 통 보이질 않았다. 제자리를 얼마간 맴돌았다. 도로를 따라가고 있으면서도 나아가고 있다는 생각이 전혀 들지 않았다. 한참을 가도 이 길이 어디를 향하는지 말해 주는 이도 가르쳐 주는 표식도 나타나지 않았다. 나는 어르신께 전화를 걸어 다시 물었다. 어르신, 다리가 없는데요. 그럴리가 없는데. 큰 나무쪽으로 쭉 올라가면 다리가 나온다는 거죠. 그지, 그렇지. 근데, 다리가 없어요 어르신. 이상하네, 잠시 기다려봐. 이어, 전화기 밖으로 아내분과 소란스럽게 떠드는 소리가 들렸다. 다리가 안 보인다는데, 내가 좀 다녀와야 할 것 같아.

곧 어르신이 반대편 길가에서 모습을 드러냈다. 몇 번 주위를 둘러보시곤, 이내 팔을 휘저으며 반원을 그려 보인다. 우측길을 쭉 따라가 돌아오라는 뜻이었다. 들은 바로는 태풍이 심할 적에 다리가 무너져 내린 것 같다고, 차라리 잘된 일이라고 하셨다. 그럼요, 다행이죠. 그지, 사람이 안 다친 게 어디야.

어르신과 간단하게 말을 붙인 후, 잠시 석류밭을 걸었다. 석류나무는 대체로 앙상했다. 가지가 야윈 팔처럼 가늘었고, 낙과가 많았다. 그럼에도 제철 맞은 석류는 제법 크고 둥글었다. 걸음을 뗄 때마다 발에 석류가 치였다. 태풍 때문이냐고 묻자, 장마가 올 적부터 이미 다 떨어져 나갔단다. 내 이런 장마는 살면서 처음 겪어보는 거 같아, 어르신이 찡그린 인상으로 말했다. 올 초부터 힘들여 돌봐온 것들인데, 다 이 모양이 됐다고. 그나마 하우스를 몇 곳 쳐둔 데가 있어 다행이긴 한데, 양이 많지는 않을 거란다. 불가피한 일이긴 하나 이 정도

일 줄은 미처 예상치 못했다고도 말씀하셨다.

　"그래도, 색이 예쁜 거 같아요. 제법 붉은 티가 나는데요."

　내가 석류 하나를 손으로 집어 말을 건네자, 어르신은 겉만 봐서는 모르는 거라며 석류의 속을 갈라 보였다. 석류 알이 허여멀건 게 잘 모르는 내가 보아도 시원찮았다. 그에 대고 무어라 말을 보태는 것도 예의가 아닌 것 같아, 말없이 걷기만 했다. 과한 습기 탓인지 조금만 걸어도 몸 전체가 금세 눅진해졌다. 진한 곰팡내 비슷한 냄새가 수시로 코를 찔렀다. 긴 장마로 인해 석류가 물러져 썩은 모양이었다. 숨을 쉬는 데에 힘이 들 정도였다. 그렇게 바닥에 덩그러니 떨어진 석류를 훑어가며 무심코 걸었다. 이런 말을 해도 괜찮을지 모르겠으나, 바닥에 놓인 석류는 색이 고운 탓인지 그런대로 썩 보기가 좋았다. 피고 진 꽃처럼 긴 여운을 만들어냈다.

　"아쉽지 않으세요?"

　어르신이 걷다가 잠시 숨을 돌렸다. 입을 벌린 채 속을 드러낸 석류가 발에 툭 치였다. 나는 석류를 한번 바라본 후, 이어 어르신의 옆얼굴을 쳐다봤다. 조금은 쓸쓸한, 그러면서도 한편으론 홀가분한 듯한 묘한 표정이었다.

"아쉬울 게 뭐 있어, 농사가 다 그렇지. 내 뜻대로 할 수 있는 게 얼마나 있겠어."

그렇다. 생각보다 내 뜻대로 할 수 있는 일은 그리 많지 않다. 있다고 한들, 대부분 착각이다. 우리는 대부분 그 착각 속에 평생을 허우적거리며 사는 게 전부다. 어르신은 깊이 석류밭에 들어서곤, 다시 발길을 돌릴 때쯤 석류 몇 알을 주섬주섬 챙겼다. 이건 먹어도 된다며, 그중 몇 알을 내 손에 쥐여주기까지 했다. 먼 길 온 사람 대접할 석류는 남아 다행이라고도 말씀하셨다. 석류를 건네받는 순간, 잠시 석류 향이 코를 스쳤다. 그만 참지 못하고 내가 물었다.

"어르신, 근데 석류는 어쩌다 기르게 되신 거예요."

어르신이 웃는다. 대답을 듣기 전부터, 괜히 마음이 근질근질해진다.

어느 날, 어르신이 술에 잔뜩 취해 시장에 들렀단다. 그때 거기가 말바우시장이었었나, 하고 잠시 생각하다가 맞다고, 해장하러 자주 찾던 음식집이 있었다며 당시의 상황을 떠올렸다. 군대 동기들과 모처럼 만나, 종일 술을 들이켜다 해장을 하러 들렀던 참이었다고. 해장국을 들이켜다 술 몇 병을 시켰고, 그러다 보니 또 자연스레 늦게까지 술을 먹게 되었다는, 그런 이야기였다.

근데, 시장에서 한 할머니가 석류를 파는 거예요. 다라이 안에다가 석류를 몇 알 놓고 팔아. 나는 그게 처음 석류인지도 몰랐어. 아무튼 내가 그래가지고 궁금해서 얼마냐고 가격을 묻는데, 그 작은 게 비싸기는 또 그렇게 비싸. 그게 참 신기하다 해서 이게 이름이 뭐냐고 물으니까 석류라는 거야. 그러다 일행이 있으니 거기서 눌러앉아 더 여쭤보기도 뭐하고 해서, 해장하러 마저 들어갔지. 그러다 늦게까지 술을 한잔 더 걸치고, 또 밤까지 마시다가 결국 집도 못 내려가고 꼼짝없이 발이 묶였어. 그래서 해장을 하러 이튿날 시장에 다시 들르게 된 거고.

"근데, 마침 또 석류 할머니가 보였던 거예요. 참, 이런 우연이 어딨어. 그래서 내가 다시 말을 붙였지. 도대체 이 열매는 어디서 따오는 거냐고 물으니까, 자기 집에 석류나무 세 주가 있다는 거야."

"참 신기하네요."

"그렇지, 신기해. 우연이지. 그러고 보면 세상에 우연이 아닌 일이 뭐가 있겠어요, 우리가 이렇게 만난 것도 따지고 보면 우연이지. 어떻게 알고 생판 모르는 사람들끼리 무슨 인연으로 만났겠어. 아무튼, 근데 그게 문제가 아니야. 그렇게 석류나무 몇 주를 사 와가지고 기르기 시작했는데, 옮겨 심기만 하면 얼마 못 가 다 말라 죽어. 이걸 어떡해. 참으로 이상하다 싶어 감나무를 기르는 양반께 가서 심는 법을 배워 와 고대로 따라 했는데도, 영 시원치 않아. 그래서 버렸어. 전부 다 버렸어, 길바닥에."

어르신의 입가에 다시 한번 웃음기가 번진다. 장난기가 섞인 얼굴로, 두어 번 큭큭거리다 다시 말을 꺼냈다.

"그런데, 내가 어떻게 석류나무를 이렇게 기른 줄 알아요?"

나는 주위를 한번 슥 훑었다. 석류나무가 지천에 널려 군락을 이루고 있었다. 저 멀리 우리가 지나왔던 길의 초입이 가까스로 비쳤다.

"길바닥에 내동댕이쳐 놨는데, 석류나무가 이상하게 죽질 않아. 버려둔 그대로, 어찌어찌 자라고 있는 거야. 그래서 얼마간 더 놔뒀는데, 이게 죽기는커녕 잎도 색이 파랗게 올라오는 것이 신기해. 돈 들여 석류나무를 사 왔다가 낭패를 보고는 어찌해야 하나 하던 참이었는데, 다행이다 싶은 마음이 드는 거지. 나중에 알고 보니, 석류는 뿌리를 깊게 심으면 안 된다고 하더라고. 감나무처럼 뿌리를 깊게 심어서는 자라질 않았던 거지. 나는 그걸 몰랐거든. 참, 이런 우연이 어딨어. 이런 게 운명인가 싶기도 하고 말이야."

그 말을 듣고 나니, 무엇보다 어르신의 저 태연한 태도를 이해할 수 있을 것만 같았다. 그러니까, 삶에 명백한 근거는 없다는 것. 이렇게 될 줄 몰랐으나, 어떤 일은 결국 일어나기 마련이고, 그 반대도 마찬가지라는 것. 다만, 어떤 가능성의 범위 내에서 겨우 짐작할 수 있을 뿐이라는 것이다. 만약, 우리가 인연이 닿는 순간의 발자취를 볼 수 있다면, 그것은 분명 직선이 아니라 무수히 많은 곡선의 형태를 띠고 있을 거란 생각을 한다. 준비된 운명처럼 서로를 향하지 않고, 어쩌다 접어든 길목에서 마주치는 것, 그 짧은 만남이 곧 우연일 테고, 그다음은 운명이 하는 일이겠다.

어르신은 걸으며 손에 집히는 석류를 쓰다듬었다. 그중 몇 개는 따다 주머니에 찔러 넣기도 했다. 그래도 발에 치이는 석류보다 손에 잡히는 것이 많아 다행이라고 하셨다. 이토록 혹독한 여건 속에서도 붉은빛을 띠는 걸 보니, 가을이 가을이긴 한 모양이었다. 계절은 계절의 몫을 다하느라 안간힘을 부렸을 테고, 석류는 가을의 기미를 앓다 겨우 붉게 빛을 틔운 것이겠다.

몇 걸음 걷자 밭의 입구 너머론 아들이 운영한다는 석류 가공 공장이 언뜻 비쳤다. 석류즙을 짜내는 곳이라고. 나이가 있으니, 이제 여력이 있는 젊은 사람이 해야 할 때란다. 어르신은 자물쇠를 따고, 공장 안으로 나를 안내했다. 전반적으로 깔끔하니, 잘 정돈되어 있었다. 어르신은 안내하면서도 초행길에 나선 사람마냥 자주 주위를 살폈다. 새로 설비를 들여놓은 이후로는 자신이 관리를 하지 않아 모르겠다고 하셨다. 냉장고 구석 한쪽에는 포장된 석류즙이 가득 쌓여 있었다. 어르신이 포장을 뜯으며 내게 건넸다. 여기까지 왔는데, 석류 맛은 보고 가야지.

촬영을 마치고 장비를 싣는데, 석류즙이 담긴 곽 하나를 내미신다. 가면서 마셔요. 충분히 많이 먹었는걸요. 가져가서 좀 나눠 먹고도 그래야지. 이미 날은 벌써 저물어 어둑했고, 어디선가 풀벌레 소리가 들려왔다. 나는 가만히 서 있다가, 다음에 또 연락드리겠다고 말씀드렸다. 뭘, 연락까지 해요. 조심히 가요. 그에 대고 내가 멋쩍게 웃자, 어서 가라는 듯 손을 휘젓곤 돌아가신다. 그렇게 자리를 뜨며 얼핏 비치는 뒤 풍경을 슬쩍 쳐다봤다. 쉬이 뜨지 못하고 대문 앞에서 눈 배웅을 하는 어르신이 보였다.

올라가는 길. 길고 지루한 시간 속에서, 이 모든 우연한 순간들은 꿈결인 양 금세 희석되어 가라앉았다. 그럴 때면 나는 잠결에 뒤척이듯 손에 든 석류 가지를 힘주어 잡았다. 그러면 내가 지금 한 우연의 지점을 지나왔음을 어렴풋이 가늠할 수 있었다. 삶의 흔적을 점자처럼 피부로 느낄 수가 있었다.

새해에는 유서를 썼어요

그와의 인터뷰를 진행했던 시간은 평일 늦은 오후였다. 해가 거의 저물 즈음이었고, 허락된 시간은 한 시간 남짓이었다. 우선 준비된 장소에서, 미리 준비해 둔 포즈로 사진을 촬영했다. 그가 능숙하게 부드러운 표정을 지어보였다. 나는 옆에서 가만히 그의 옆모습을 바라봤다. 입끝을 슬쩍 올리고 다시 오므릴 때마다 눈가가 부드럽게 접혔다. 인상이 푸근한 사람이었다.

잠시 숨을 돌리곤 먼저 근황을 물었다. 요즘 어떻게 지내고 있어요. 그가 외부에서 어떤 일정을 소화하고 있는지가 아닌 그가 어떻게 생활하고 있는지를 알고 싶었다. 그가 말했다. 새해 들어 유서를 쓰기 시작했어요. 유서요? 네, 유서요. 나는 그때까지만 해도 그가 말한 유서의 개념을 잘못 이해하고 있었다. 우리가 끝을 얘기할 때 그 시작을 상기하듯, 죽음의 반작용으로 삶을 되돌아보았다는 의미인 줄로만 알았다. 하지만, 그게 아니었다. 그는 아주 사실적인 죽음을 생각하고 있었다. 자신이 죽은 이후에도, 여전히 자신에 의해 벌어지게 될 상황에 대해 염두에 두고 있었다. 마치 곧 죽을 사람인 양.

죽고 싶다는 말이 죽음과 무관하듯, 죽음을 이야기한다고 해서 죽음을 원한다는 뜻은 결코 아닐 것이다. 하지만 어째선지, 그가 말하는 유서는 무척 구체적이어서 눈앞의 죽음을 상정해두고 하는 말처럼 들렸다. 새해에 떠올리는 죽음은 뭔가 어울리지 않네요. 내가 말하자 그가 얘기했다. 전혀 이상하지 않아요. 그의 말은 마치 죽음이 내게 건네는 첫인사 같았다. 그간 무탈하게 살아왔던 내 삶이 돌연 위태로워지는 기분이었다.

인터뷰는 순조롭게 진행됐다. 그는 잘 웃고, 때로는 분노했다. 그의 표현은 종종 시적이기까지해서, 어느 땐 그가 내가 알지 못하는 저만의 모국어로 말을 하는 것처럼 들렸다. 알아들을 순 없으나 이해할 수 있는. 말과 말 사이의 간격이 조금은 넓고 깊은, 그런 말들. 내가 건네는 평이한 질문들이 선뜻 미안해질 정도였다.

그날 저녁. 녹취록을 듣는데 그의 첫 문장에서 한참을 나아가지 못했다. 유서를 쓰기 시작했어요. 유서요? 네, 유서요.

이어서, 그가 유서의 간략한 내용과 항목들을 친절히 일러주었다. 마침, 불면증에 시달리던 차였고, 밤은 아직 오래 남아 있었으므로, 나는 그의 말대로 유서의 내용을 적어 내려가기 시작했다. 그러니까, 만약. 내가 만약에 죽는다면.

나는 내 죽음을 상상했다. 하지만, 나는 내 죽음이 실감나지 않을 뿐더러, 별다른 감흥도 불러일으키지 못했다. 내게 있어 죽음이란 생에서 일어나는 가장 부당한 일이었다. 모든 것을 짓누르는, 모든 것을 무화하는 죽음은 삶에서 철저히 배제된 일처럼 여겨졌다. 죽음을 이야기하는 건 어디까지나 죽음의 반대편에 선 사람일 것이므로, 결국 죽음에 관한 말 역시 삶의 또 다른 감상처럼 느껴졌기 때문이었다. 죽음을 정의하고 의미를 부여할 순 있을지언정, 죽음 자체는 내게 온전히 감각되지 않았다. '없다'는 사실을 받아들이지 못했다. 다만, 내가 존재하지 않는다고 가정하면 불현듯 가슴이 갑갑해졌다. 그 순간엔 죽음이 없다면 삶도 존재하지 않을 거란 그럴듯한 반어적인 위로도 영 와닿지 않았다. 어째서 죽음은 그토록 단순하면서도 위력적인지, 가깝고도 적대적인지.

그러고 보니, 누군가 내게 이런 말을 했던 적이 있는 것 같은데. 죽음을 받아들이지 않는다면, 결코 자유로워질 수 없을 거예요. 그 말을 한 사람이 누구였는지 기억나지 않는다. 이름도, 얼굴도 떠오르지 않지만, '결코 자유로워질 수 없다'는 말만 깊게 박힌 모양인지 저 문장만 또렷하다. 죽음은 언제든 찾아올 수 있으니, 만약 죽음을 받아들이지 못한다면 내 삶은 영영 죽음의 그늘에서 벗어날 수 없을 거란 말이었을까.

　녹음된 대화가 이어 흘러나온다. 표로 작성해서 꼼꼼히 정리해둬요. 이어서 내가 놀라 묻는다. 엄청 세세하게 작성하시는군요. 그럼요, 그렇게 해야 돼요. 그렇게 해야 된다는 말에, 나는 떠오르는 대로 이름 몇 자를 적어 내려간다. 이름을 적으며 발음하는 것과 쓰는 일이 전혀 다른 것임을 체감한다. 이름은 분명 각자의 것이지만, 어느 이름은 꼭 내가 붙여놓은 별명같고, 또 어떤 이름을 쓰면서는 잘못 적은 것 같은 어색함을 느낀다.

　혼자서 의연하게 살아내는 것이 삶이라 생각했건만, 내게 엮인 이름들이 이토록 많다는 사실에 새삼 놀란다. 그 이름이 모두 내가 사랑하는 사람들의 이름이라는 점도. 이름을 한 자씩 적어 내려가는데, 이름에 묻은 얼굴이 하나둘 떠오른다. 어렴풋이 감각되는 얼굴의 표정이 전부 제각각이다. 어떤 얼굴은 젊은 낯빛을 하고 있고, 어느 얼굴은 흐릿해 분간이 가지 않는다. 이럴 때 내 몸은 여러 사람들이 스치고, 지나가고, 경유하고, 때로는 머물다가 가는 하나의 둥지가 된 기분이 든다. 이름의 한 획을 긋다 그가 내게 쥐여준 말을 떠올린다. 또 다른 이름의 받침을 적을 적에는 미간을 한껏 좁히며 울던 그

31

의 표정이 눈에 집히고, 한 이름을 마저 다 쓰고는 이 밤, 당신이 사무치게 보고 싶어지기도 한다.

나는 이내 말을 적는다. 내 삶의 테두리 안에 여러 표정으로 얼굴을 내민 이름들에게 영양가 없는 말을 건넨다. 아직 죽지 않은 사람이 죽음을 염두하고 쓴 말들은 하나같이 무겁다. 단어 하나하나에 온점이 붙은 것처럼, 말이 굳는 느낌이다. 다시는 주워 담을 수 없는 마지막 말들이라 그런지도. 어떤 말은 아무리 어렵고, 힘들어도 꼭 해야만 하는 순간이 있다. 더이상 미루어선 안 되는 때가 있다. 죽음 앞에서 대부분의 모든 것들이 그렇다. 죽음은 저 가장 밑바닥의 소실점까지도 돌아보게끔 만든다.

피로하고 긴 밤, 나는 녹취록을 5분 남짓 들어놓곤 온종일 유서만 썼다. 죽고 싶다는 말이 죽겠다는 말이 아니듯, 죽음을 염두하고 쓴 말은 실제 죽음과는 다소 거리가 있는 말일 테지만. 삶의 범위 안에서 말하는 죽음은 결국 삶으로 되돌아가고는 경유지가 되고야 만다. 나는 여태껏 관계의 밖을 떠돌며 외롭게 살아왔다고 믿어왔건만, 실은 편애하는 방식으로 관계를 맺어왔다는 사실을 발견한다. 죽음을 받아들이지 못한다면 어디로든 떠날 수 없을 것이고, 그래서 덧없고 쓸쓸할 거란 생각을 한다.

가까스로 짚이는 이름과 얼굴을 적어본다. 그 이름이, 이 얼굴이 맞던가 의심하고, 또 얼굴은 또렷한데 이름은 기억나지 않는 사람들의 처지를 헤아려보면서. 어느 사인가 삶의 어깨가 어긋난 사람들, 어떻게 맺어지고 끊어진지도 모르는 관계들, 누가 남고 떠났는지 모호한 순간들, 변덕같은 마음들, 이제는 화해할 수도, 용서를 구할 수도 없는 먼 과거의 사연까지 이름에 하나둘 엉겨붙는다. 때로는 우습고, 대체로 슬프다. 그리고 드물게 아릅답다. 그렇게 남은 밤, 분실된 이름을 얼마간 더 헤아려본다. 죽음이 조금 미지근해진다.

타지

사연이 없다면 찾아가지 않을 법한 어느 마을 외곽에 들러 한참을 걸었다. 서먹한 분위기가 미지근해질 때까지 말을 붙이듯, 골목을 오가며 더듬더듬 지리를 익혔다. 굳이 긴 시간을 들여 이곳에 온 까닭은 뵙기로 한 사람이 있어서였으나, 물론 그뿐만은 아니었다. 약속한 시간보다 부러 이르게 도착해선 자발적으로 길을 잃는 건 순전히 타지가 주는 낯선 인상을 즐기기 위해서다. 잠시 머물다 가는 이방인으로, 다른 배역을 연기하는 배우가 된 기분으로 어슬렁거리다 보면, 그간 무뎌졌던 일상의 감각들이 다시금 예민해진다. 비좁았던 삶의 반경이 넓어진 듯한 착각도 든다.

익숙지 않은 타지에서, 나는 쉽게 충동적인 상태로 변하곤 한다. 마음의 기울기는 좀처럼 수평을 찾지 못하고 매번 한쪽으로 기운다. 선택의 기로에 놓이고, 조금은 과감해진다. 평소 잘 먹지 않던 음식 앞에서 망설임 없이 한 끼를 때운다거나, 면식 없는 인근 주민에게 살갑게 말을 붙여보기도 하는식이다. 언제든 이곳을 떠날 수 있다는 기분으로 떠돌다가도,돌연 생각을 바꿔 며칠을 묵어도 좋겠다고 마음먹는다.

결국, 먼 타지에서 내가 깨닫게 되는 건 삶은 수렴의 과정이 아니라는 것. 그리고 조금은 무모하더라도 한 번쯤 기지개를 켜듯 삶의 선택지를 늘려보아도 좋다는 것이다. 보통 때라면 하지 않았을 일들을 겪고 난 후, 도리어 삶이 더욱 견고해지기도 한다. 까닭에 익숙한 환경을 벗어나 낯선 공간으로 향한다는 건, 그 사실만으로도 삶의 가짓수를 넓히는 일이며,어쩌면 이 인분의 삶을 사는 일인지도 모른다. 여지껏 인생이란 하나의 목적지를 찾기 위한 여정이라고 여겨왔건만, 실은임의의 장소로 끊임없이 불시착하고야 마는 것이 인생의 본질에 가깝다는 생각을 한다.

그러니, 한 번쯤 제 삶의 지형을 파악하기 위해서라도 가능한 한 멀리, 익숙하지 않는 장소를 부러 찾아가 보는 건 어떨까. 조금은 부족하고, 약간은 무모한 모순된 상태로. 무엇보다 첫인상이 낯선 곳이라야 좋고, 인근에 적당히 밥 한 끼를 때울 수 있는 식당 두어곳 즈음 있다면 더더욱 좋겠다. 사연이 없다면 찾아가지 않을 법한 곳에서, 사연 하나쯤 만들어되돌아와서는 그날의 흔적들을 떠올리다 무심코 짐을 꾸려보는 것도 괜찮고. 그렇게 당신이 비로소 당신이 되는 자기만의 방을 서너 곳 짓고선, 어떠한 자극에도 삶이 미동조차 없을 때 들르면 되겠다. 긴 외로움이 지나간 뒤에도, 막연한 불안감에 사무치게 시달린 후에도, 이제 막 눈물이 마른 뒤에라도.

철새

그곳에서 나를 제일 먼저 반긴 것은 추위였다. 숨을
내쉴 때마다 입김이 허옇게 물감처럼 풀어졌다. 입김은 바깥
공기와 만나 희석되어 금새 사라졌다. 손의 감각이 무뎠고,
눈이 시렸다. 겨울이 통 겨울같지 않던 시기에 모처럼의 선명
한 추위였다.

그 진한 한기 속에서도 바다 냄새만은 아주 또렷했다. 소
금기가 묻은 바람이 수시로 불며 공간에 밴 향취를 가득 싣고
왔다. 물기를 머금은 비린내와 젖은 흙내, 그리고 무엇보다
강렬한 짠내. 바다는 이곳에 고인 모든 냄새마다 제 흔적을
새기듯 소금기를 조금씩 덜어 넣었다. 사람의 맥박처럼, 이곳
에 바다가 존재함을 끊임없이 상기시켰다. 이따금, 바다와 무
관한 냄새가 맡아지기라도 하면 어딘가 결핍된 기분을 떨칠
수 없었다.

철새를 보러 온 차였으나 통 모습을 드러내지 않았다. 2월 초. 늦은 감이 있긴 해도 없지는 않을 거란 믿음으로 온 거였는데, 어떠한 흔적도 발견할 수 없었다. 날은 제법 추웠고, 금새 허기가 졌다. 무엇이라도 좀 먹어야겠다 싶었다. 들은 바로는, 이곳은 굴이 명물이라고 했다.

방조제를 조금만 빗겨가자 굴집이 무더기로 나타났다. 죄 비슷비슷한 간판이며, 메뉴며, 별다를 것이 없었다. 걸음이 내키는 대로 가게에 들어섰다. 주인분은 마치 알던 사람인 양 나를 반겼다. 메뉴판을 훑곤 음식을 주문하자 이내 몇 가지 찬과 함께 음식이 차려졌다. 바닷내가 물씬 나는 차림이었다. 음식 맛은 나쁘지 않았다. 굴에선 서늘한 비린 맛이 났다. 시원한 바닷바람을 오래 쐬고 자란 섬사람의 살내음처럼 짜고, 눅눅한 맛이었다. 가게는 붐비지 않았다. 성수기가 지난 여행지는 일상의 모습을 닮아 차분했다. 흔하디흔한, 식당 풍경이었다.

가게를 나오며 주인분께, 철새가 보이지 않는다 했더니 늦은 오후쯤 되어서야 활동한단다. 그리고 계절의 마디를 한창 건널 때의 규모는 아니더라도, 없지는 않을 거라고도 덧붙였다. 작년 겨울에는 이례적으로 많은 철새들이 모여들어 장관을 이루었다고도 했다. 그렇게 한동안 한적하게 주위를 살피며 걸었다. 비수기의 여행지는 지나치게 한가로웠다. 가게며,

바다며, 하나같이 텅 빈 동공처럼 흐릿한 인상을 줬다. 간간이 끼어드는 물소리가 겨우 이곳의 한적함을 게워냈다. 이따금 어디선가 새울음소리가 조난자의 신호처럼 아련하게 들려왔다. 그때마다 나는 무언가에 홀린 양 주위를 두리번거리며 귀를 기울였다. 새울음은 아주 먼곳에서부터 조금씩 새어나오고 있었다. 하지만, 그 어디에서도 철새의 흔적을 발견할 수는 없었다.

철새의 흔적을 쫓다 마주친 건, 다름 아닌 굴밭이었다. 열댓분 정도 되는 분들이 쭈그려 앉아 굴을 캐느라 여념이 없었다. 그 광경을 가까이서 보고 싶어 무작정 내려갔다. 물살을 반쯤 걷은 갯벌은 제법 무르고 질척였다. 걷는 데에 힘이 들 정도였다. 헌데, 보폭을 벌려 한 걸음씩 나아가는 와중에도 그 누구도 내 쪽을 돌아보지 않았다. 눈에 보이지 않은 건지, 일에 열중하느라 신경 쓸 겨를이 없는 것인지는 알 수 없었다. 겨우 도착해서는 한참을 말없이 지켜봤다. 아주머니는 하나같이 같은 일을 반복해 되풀었다. 무더기로 쌓인 굴 껍데기 사이로, 굴을 구분해내는 솜씨가 능숙했다. 한 일을 오래 해 온 사람 특유의 감식안이랄지, 손에 익은 감각이랄지 하는 것이 있는 모양이었다. 소매 틈 사이로 비치는 살갗은 보풀처럼 트고, 입에선 허옇게 입김이 번져나왔다. 한겨울 바닷바람은 확실히 드셌다. 부르튼 찬 손으로 얼굴을 쓰다듬는 기분이었다.

"여기는 왜 내려왔어?"

한참 숨죽이고 바라보는데, 이제야 궁금하신 듯 물어온다. 나는 달리 할 말이 없어, 이 모습이 보기 좋아 내려왔다고 말씀드렸더니 이내 말씀이 없으신다. 별 시원찮은 이유라고 생각했던 걸까. 아니면, 남 일하는 곳에 들어와 쓸데없는 감상을 보탠 것이 마음에 들지 않으셨던 걸까. 이런저런 생각에 내심 죄송한 마음이 들 즈음, 슬쩍 굴 하나를 까서 내 앞에 내미신다. 그러곤 이내 먹는 손짓을 해보이며 거든다. 나는 말없이 집어 굴을 한 입에 꿀꺽 삼켰다. 차갑고 비린 맛이었다. 그 짠 기운은 그날 저녁 내내 입안에서 가시질 않았다.

나는 짧게 맛있다고, 바닷바람을 닮은 맛이라고 소감을 전해드렸다. 아주머니의 입가에 수줍게 미소가 번졌다. 물론, 다시 침묵이 자리를 메우는 데엔 그리 오랜 시간이 걸리지 않았다. 바람은 여전히 낮게 불었고, 사람들은 하던 일을 마저 이어갔다. 갯벌 위에서 사람들은 누구도 살지 않는 텅 빈 섬처럼 가만히 앉아 있었다. 어디선가 많이 보았던 것만 같은 기시감이 일렁였다. 오랜 세월, 나의 식욕을 채우고 옷을 지어 입혔던 어머니의 넓적하고 구부정한 등을 닮아서였을지도 몰랐다. 아니면, 노동에서 느껴지는 마지못한 수고로움과 어떤 구태의연함이 설핏 비쳤던 걸지도. 주위는 고요했다. 나는 그 침묵을 혼자 게워낼 수 없을 만큼 말수가 적은 사람이었다. 내가 할 수 있는 일이라곤, 그저 말없이 바람을 나누어 맞는 게 다였다. 두어번 쯤 말을 붙이다 이내 자리를 떠야겠다는 생각이 들었다. 마침, 물때에 맞추어 길이 열린다는 절이 있어 들를 참이기도 했고, 오랜 시간 자리를 차지하고 앉아 있는 것이 내심 불편했던 까닭이었다.

이만, 가보겠다고. 맛있게 잘 먹었다고 말씀드리곤 자리를 뜨려는데, 아주머니가 '왜 가느냐'고 물으신다. 그 말이 이상하게 오래 기억에 남았다. 매듭 짓지 못한 이야기처럼. 나는 잠시 뜸들이다 짧게, 주위에 들를 곳이 있다고 말씀드렸다. 대화가 오가는 와중에도, 아주머니는 내 쪽을 바라보지 않았다. 그저 분주하게 굴을 솎아 발라낼 뿐이었다. 대신, 하나라도 입에 더 넣으라며 굴 몇 개를 내앞에서 급하게 솎아내셨다. 이렇게 막 주셔도 괜찮냐고, 내가 미안한 기색을 보이자 한껏 웃어보이며 말했다. 어차피 지천에 널린 게 굴인데, 뭘.

노을이 질 무렵에서야 겨우 철새를 볼 수 있었다. 지난해 만큼은 아니더라도, 제법 많은 수의 철새가 무리를 이뤘다. 철새를 보고 있는 내내, 자꾸만 좀 전에 받아먹은 굴 생각이 났다. 평소 굴을 좋아하는 편이 아닌데도 그랬다. 아무래도 안 되겠다 싶어, 돌아가는 길에 시장에 들러 굴젓을 샀다. 가끔 어떤 음식은 맛이 아닌 맛에 엉겨붙은 기억이 그리워 찾을 때가 있는데, 아마도 그 순간이 그렇지 않을까 싶다.

2장

어쩌면, 당신의 이야기

무게를 더는 법

나는 무엇이든 여분을 마련해 놓는다. 삶의 리듬이 망가지지 않도록 하기 위해서다. 어제와 오늘, 일상과 일상의 이음매가 자연스럽게 이어지려면 꼭 여분이 필요하다. 여분이 없다는 말은, 무언가로 대체해야 한다는 말이고, 삶의 한 과정을 생략해야 한다는 뜻이다. 때문에 내게 여분이 있다는 건, 상당한 심리적 안정감을 준다. 오늘도, 어제와 같겠구나. 별 탈 없이, 무사히.

내게 여분이 없던 시절도 있긴 했다. 마지막 하나가 남겨졌을 때의 심정으로 살던 때가 있었다. 그때, 내가 할 수 있는 일은 별로 없었다. 나는 내 삶이 두려워지자, 방향을 잡기 위해 삶의 선택지를 헤아리기 시작했다. 내가 할 수 있는 것과 할 수 없는 것, 해야만 하는 것과 하지 말아야 할 것을 구분할 필요가 있었다. 하지만, 그 과정에서 내가 해야만 하는 일들은 종종 내가 할 수 없는 것이 되거나, 할 수 있는 것은 하지 말아야 할 것이 되곤 했다. 하지 말아야 할 일들이 해야만 하는 일이 될 적도 다반사였다. 나는 단지 조금 더 나은 방향으로 삶을 틀고 싶었던 것 뿐이었는데, 실제로 내가 마주치게 되는 건 삶은 뜻대로 흘러가지 않는다는 뼈저린 깨달음이었다.

별다른 선택지가 없자, 나는 삶을 근시적으로 바라보기로 했다. 당장 내 앞에 닥친 일을 제외하곤 까맣게 잊어버리는 거였다. 손에 익은 습관처럼, 분명 삶에도 관성적인 부분이 있기 마련이니까. 나는 컨베이어 벨트 위에 놓인 상품처럼 하루하루를 기계적으로 소비했다. 손에 집히는 일을 무감각하게 처리해 나갔다. 그 작은 탈출구 하나조차 없던 시간, 나를 지탱해주었던 건 오직 끝나리라는 간명한 사실뿐이었다. 어떻게든 끝이 나겠지, 유한한 삶에서 무한한 것은 존재할 수 없으니까. 동면에 든 짐승처럼, 사람도 오로지 시간에 기대어 살아가야 하는 시기도 분명 있을 테니까.

이따금씩 도대체 이게 다 무언가 싶은 생각이 들기도 한다. 특히 기름진 늦저녁을 먹곤 야근을 하는 날이면 유독 그렇다. 막 잠에서 깨어난 사람처럼 상황을 파악하듯 멍하니 모니터만 들여다보던 기억이 난다. 모니터 안에 적어넣은 활자가 조금은 징그럽고, 생경하게 느껴질 적도 많았다. 그즈음

어깨가 결리고, 팔다리도 자주 저렸다. 지금 이 기분으로는 더 이상 일을 하고 싶지 않았지만, 내 상태와는 상관없이 해야만 하는 일들은 늘 가득 쌓여 있었다. 나는 아무것도 하고 싶지 않았고, 동시에 무엇이든 하고 싶은 심정이었다. 계속해서 쓰고, 읽고, 다시 쓰기만을 반복하는 행위에서 그만 벗어나고 싶었다. 하지만, 나는 손에 쥔 일을 던져버릴 만큼 호기롭지도, 그렇다고 모든 일에 완벽을 추구할 만큼 성실한 사람도 아니었다.

어느 날 일에 회의감이 깊어지자, 나는 함께 야근을 하고 있던 선배에게 조언을 청하기도 했다. 가만히 모니터를 들여다보다 무언가에 홀린듯 파티션 너머로 대뜸 고개를 내밀던 기억이 어렴풋하다. 내가 묻고 싶었던 것은 일에 대한 불확실함이었다. 정말 이 일을 해도 되는 건지 모르겠다고. 가끔 내가 해서는 안 되는 일을 붙잡고 있는 기분이 든다고, 하는 투정에 가까운 고백이었다. 지금에 와서 생각해보면 야근하다 묻는 물음치고는 참 뜬금 없었던 것 같다.

"에이, 뭘 그런 걱정을 해요."

농담을 건네는 듯한 말투로 선배는 그렇게 말했다. 그 단순하고, 직설적인 대답이 이상하게 긴 여운을 남겼다. 그것이 내게 일종의 허락으로 읽혔기 때문이었을까. 그러니까, 무얼

하든 개의치 말라는 뜻처럼 들렸다. 바람기가 빠진 풍선처럼 말에 실린 가벼운 리듬감이 더욱 그런 감상을 부추겼는지도 모른다. 내가 소극적으로 반문하듯, 그런가요, 괜찮을까요, 하고 되물을수록 선배는 확신을 주어 말했다. 저도 그래요, 괜찮아요. 다 그런 거죠 뭐. 싱겁다면 싱겁고, 격려라면 격려일 수 있는 흔한 조언이었지만, 나는 그 말에서 느껴지는 어떤 무책임한 안온함이 좋았다. 더불어, 그토록 무책임한 말을 당연하다는 듯 흘려 말하는 선배의 자연스런 태도도. 그러고 보면, 이전에도 선배는 내게 이와 비슷한 말을 건넨 적이 있었다.

내겐 첫 사회 생활의 문턱이었고, 모든 게 낯설기만 한 면접 자리였을 거다. 선배는 첫 질문으로 좋아하는 잡지가 있느냐고 물었고, 나는 테이블 위에 어지럽게 널브러져 있던 잡지 몇 권을 손으로 짚으며 말했던 기억이 난다. 그러곤, 본격적인 면접에 앞서 선배는 내게 이렇게 말했지.

"커피 드실래요? 회사에 얼마 없는 복지 중 하난데, 드세요. 괜찮아요."

이후, 자연스레 면접에서 이뤄질 법한 대화가 오갔다. 전체적인 업무 과정을 상세히 일러주면, 가만히 듣곤 궁금한 사항들을 묻는 식이었다. 면접이 진행될수록 에디터의 직무란

게 예상보다 기력이 많이 드는 일처럼 여겨졌다. 어디까지나 글을 짓는 일이니까, 라고 생각했던 건 큰 착각이었다. 한 지면을 만드는 데에도 이런 일까지 해야 하나 싶은 수준의 노력이 소요됐다. 평소 잡지를 읽으며 크게 거슬리지 않던 요소까지도, 에디터는 신경을 써야 했다. 나는 삶의 고비 앞에서 주저하는 버릇이 있는터라, 설명을 듣는 내내 '내가 해도 괜찮을까'라는 말을 속으로 수십 번 되새겼던 것 같다.

"생각보다 할 게 많네요. 괜찮을까요."

스스로를 평가 절하하고 싶은 마음은 없었지만, 적어도 큰 기대감을 불러일으켜선 안 되겠다는 생각 때문이었다. 내 능력을 어설프게 포장하거나 변호하고 싶지도, 근거없는 낙관으로 괜한 오해를 사고 싶지도 않았다. 그때도, 선배는 내 형편없는 물음을 비웃기라도 하듯 별 걱정을 다하냐는 투로 말했다.

"에이, 저도 그랬어요. 다 똑같죠 뭐. 아무것도 모르고 시작해서, 지금도 이렇게 하고 있는데요. 다 어떻게든 하게 되더라고요."

아마, 그때였을 거다. 선배의 싱겁고 안온한 말에 처음 마음을 놓았던 적이. 이후로도, 선배는 가끔 저렇게 다소 밋밋

한 말들로 누군가를 위로하고, 농담을 건넬 경우가 많았다. 나는 그 말들을 때로는 기쁘게, 때로는 무신경하게 받아들이곤 했다. 한 가지 분명한 점은 선배의 말들은 하나같이 명랑했다는 것이었다. 선배의 삶이 밴 말들은 천성처럼 고스란히 선배를 닮아 있었다. 사람 어깨를 빌리듯, 내가 유독 선배의 말에 기댄 이유도 어쩌면 그 때문이었을까. 내가 갖지 못한 정서를, 어떤 기질을 말에 기대어 잠시 빌려오고 싶었던 건 아니었을까.

나는 말이 고픈 사람처럼 주의깊게 듣길 좋아한다. 한 사람이 의미를 전달하기 위해 여러 단어를 섞고, 포개며 애쓰는 모습을 보고 있자면 타인을 이해시키기란 얼마나 힘든 일인가, 그럼에도 불구하고 이해가 오해로 번져가는 일은 얼마나 비극적인가 새삼 깨닫게 된다. 그래서, 활자 속에는 소통의 안온함과 더불어 언어의 불완전함이 서려 있다. 차마 말로 메꿀 수 없는 공백을, 어떻게든 말로 수습해보려는 안간힘이 말에는 담겨 있다. 때로, 의미를 지닌 말보다 무언가를 전하기 위해 말을 고르는 주저가 더욱 마음에 드는 이유다.

내게 닿은 말들을 한번 헤아려본다. 그중엔 의도한 바와 달리 깊게 박힌 말도, 금새 휘발되어 사라진 말도 있다. 언젠가 나는 한 번쯤 당신의 말을 오역한 적이 있을 것이고, 반대로 나의 말을 당신이 지나치게 받아들였을지도 모를 일. 그런 말의 틈이 쌓여 아쉬움이 되고, 후회가 되는 거겠지. 그리고 이따금 기적이 되기도 하겠지. 아마도 평생을 말의 바깥에서 의미의 언저리를 더듬게 되겠지만, 완벽한 타인으로 태어난 우리에게 필요한 건 결국 말이라는 것. 그렇기에 모든 말은 어떤 의미론 고백에 가깝다. 숨김없이 드러내 보이고 싶은 조급함이 말에 스며있는 것이다.

먹지 않는다는 것

어느 날 점심. 지선 씨는 식사 시간이 되자마자, 얼른 내 옆자리로 다가왔다. 한 손 가득 도시락을 들고서였다. 식사량이 많지 않은 사람인데, 내 몫까지 싸 온 모양이었다. 전날 통 음식을 먹지 않던 걸 심각하게 받아들인 걸지도 몰랐다. 아니나 다를까, 지선 씨가 내민 건 손바닥만 한 도시락 용기였다.

"점심 같이 먹어요, 제가 넉넉히 싸 왔거든요."

그렇게 말하면서 지선 씨는 자리에 앉아 도시락을 펼쳤다. 늘상 먹던 반찬, 비슷한 음식들이었다. 지선 씨는 식욕이 없다고 매번 자신을 변호해왔지만, 나는 늘 그게 가능한 일인가 싶었다. 어떻게 저토록 일관된 식사를 할 수 있는지 의아했다. 나는 빈번히 넌더리를 치면서도, 그녀의 자제력에 내심 감탄하게 되는 경우가 많았다. 사람들의 전체적인 태를 보곤 그 사람의 깊이나 너비를 가늠해보듯, 지선씨의 행동에서도 어떠한 세계랄지, 생활이랄지를 어렴풋이 유추할 수 있었다. 하나, 그건 선망하고 또 소유하고 싶게 만드는 여타 것들과는 조금 달랐다. 그 세계는 내가 도저히 짊어질 수 있는 무게가 아닌 것 같았다.

"이거 드세요, 따로 준비했는데 괜찮으실지 모르겠어요."

나는 괜찮다며 손을 내저었다. 그러나, 지선 씨는 국이라도 좀 뜨다 보면 속이 나아질 거라고 계속해서 그릇을 내 쪽으로 옮겨왔다.

"간이 조금 심심할 수도 있어요."

나는 마지못해 국을 떠 입으로 가져갔다. 몸에 적당한 온기가 돌았다. 마디마디가 늘어지며 기운을 잃는 것처럼 긴장이 풀렸다.

"제가 어제 책을 봤거든요?"

나는 지선 씨가 나를 위해 뭔가 애쓰려 한다는 걸 알아차렸다. 지선 씨는 그런 사람이었다. 행동이나 마음가짐에 있어서, 저래도 괜찮을까 싶을 정도로 불순물이 없는 사람이었다.

"소설이었는데, 고양이 이야기가 나오더라구요."
"고양이요?"

나는 궁금증이 서린 얼굴로 반응했다. 지선 씨가 사뭇 진지한 눈매를 갖춰 말했다.

"거기서 그러는데, 고양이는 신피질이 없어서 과거와 미래를 모른대요. 오직 현재만 있다는 거예요."

지선 씨는 '놀랍지 않냐'는 듯한 눈빛을 보내왔지만, 나는 도대체 무슨 의미인지 감이 잡히지 않았다. 그게 무언가, 싶어 고개만 까딱였다. 그러곤 잠시 생각에 잠겼다. '과거'와 '미래'를 알지 못한다는 건 무슨 뜻일까 고민했다. '현재'만 존재한다는 말이 근사해 보이기도, 또 터무니없게 느껴지기도 하면서. 그렇게 겨우 알 수 있는 한에서 얼마간 상상과 오해를 반복했다. 별안간, 뭐가 됐든 나는 결국 내 임계치 내에서 한 발짝도 벗어날 수 없다는 사실을 깨달았다. 어쩌면, 매번 그런 식으로 불가능에 좌초되어온 것이 내 이해일지도 몰랐다.

"그게 뭘까요."
더 이상 알기를 포기한 사람의 심정으로 한 말이었다. 그러자, 지선 씨는 수저를 내려놓곤 식탁 어딘가를 공들여 바라봤다. 먹기를 멈춘 손에는 힘이 실려 있었다.

"저도 잘 모르겠어요."

지선 씨는 여전히 탁자에 눈을 떼지 않은 채였다. 미처 입을 타고 나오지 못한 말이 잠겨 있는 듯한 눈매였다. 나는 미역국을 떠 다시 삼켰다. 별도의 간을 하지 않은 터라 입에 무리가 없었다. 속이 편하다는 느낌을 받았다.

식사를 마치곤 소화도 시킬 겸 잠시 공터를 걸었다. 그러다 흑염소가 나무 한 그루에 묶여 있는 걸 보곤 덜컥 놀라 한참을 들여다봤다. 이전에 부장님이 보양식을 챙겨 먹어야겠다며 한동안 바쁘게 전화를 걸어대는 것 같았는데, 기어코 흑염소를 한 마리를 들여다 놓은 모양이었다. 굳이 이렇게까지 해야 하나 싶었지만, 당장에 하루도 거르지 않고 육식을 하는 입장에선 무어라 말할 처지가 아니었다. 여름 풀벌레 소리가 여기저기서 숨가쁘게 번져가고 있던 여름의 일이었다. 그러자 문득 지선 씨가 달리 보였다. 놀라울 정도의 자제력으로 제 식욕을 죽이며 살아온 데에 대한 새삼스러움이었다.

"가끔, 짐승의 눈을 보면요."
함께 있던 지선 씨가 푸념 어린 목소리로 말했다.

55

"참 서글퍼 보이지 않아요?"

그 말을 듣곤, 나는 한동안 염소를 뚫어져라 들여다봤다.

"가끔 사람 눈도 그렇게 느껴지는데 짐승은 더 그런 것 같아요. 진심을 따져볼 요량으로 눈을 마주 보잖아요, 전 그게 얼마간 진실이라고 봐요. 눈은 진정한 속내를 감추고 있는 듯한 느낌이 들어요. 삶의 태도를 담고 있다고 해야 하나."

나는 그녀의 말을 곱씹었다. 되짚는 말에 몇 가지 단어가 가시처럼 걸려 넘어가질 않았다. 눈이나 속내, 태도 같은 단어들이었다. 염소는 여전히 우리 쪽에 눈을 떼지 않은 채였다. 무구한 눈으로 진귀한 광경을 훔쳐보듯 뚫어져라 쳐다봤다. 시선이 닿는 그 끝에, 우리가 서 있었다.

"그런데, 지선 씨는 언제부터 그렇게 먹기 시작했어요?"

한 번쯤 물어보고 싶었던, 줄곧 참아왔던 질문이었다. 지선 씨의 말을 듣자니, 이상하게 물어볼 수 있을 것 같은 자신이 생겼다. 하지만 물어놓고도 조금 무례한 것 같아 금세 머쓱해졌다.

"뭐가요?"

"채식하시잖아요."

지선 씨가 허리를 수그려 손바닥을 염소의 코 앞쪽으로 내밀었다. '괜찮으니, 안심하라'는 뜻으로 건넨 손인 듯했다. 염소는 코를 킁킁대다, 이내 손을 핥기 시작했다. 마른 바람이 흩어지며 나부끼고, 온갖 풀벌레 울음소리가 여름의 한 자락을 거듭 합창했다. 시끄러우면서 동시에 날 선 활력이 감도는 소리였다.

"아, 예. 채식이요?"

따가운 볕이 피부를 찔렀다. 도저히 사그라들 줄 모르는 더위와 소음 덕에 나는 조금 지쳐 있었다. 아닌 게 아니라 여름의 한 가닥을 연주하듯 풀벌레가 끊임없이 반복해 울어댔고, 불볕에 몸에선 땀이 눈물처럼 기운 없이 흘러내려서였다. 여름은 여타 계절들과 달리 시달린다는 느낌이 강했다. 한시도 긴장을 늦춰선 안 되는. 그러기에 무얼 더 먹어야만 하는 계절일지도 몰랐다.

"저는 뭐든지 먹을 수 있다는 그 사실 때문에 먹지 않아요."

대답을 듣곤 어찌나 벙쪄 있었던지. 겉으론 별 반응을 보이진 않았지만, 그 말은 당시 내겐 조금 진지한 말이었다. 동시에, 그건 내가 지금 포기해버린 무엇과 관련되어 있는 말이기도 했다. 어떤 여지를 죗값처럼 치르려는 사람이. 나와 달리 한 세계와의 충돌을 기꺼이 몸으로 받아내려는 사람이 내 앞에 심문하듯 놓여있었다. 정작, 지선 씨는 말을 한껏 진지하게 내어놓곤 침묵으로 일관했다. 그렇지만, 나는 지선 씨에게 무어라 대답할 수 없었다. 제 삶을 이미 형벌처럼 여기는 이에게, 내 결백을 증명할 수는 없었다. 이런 내 기분과 상관없이 여름 오후의 볕은 부추기듯 더욱 맹렬하고 무덥게 내렸다. 몹시 원망스런 더위였다.

모처럼의 술자리

　　모처럼의 술자리였다. 자주 얼굴을 비추는 사이는 아니었지만, 우리는 매 삶의 분기점마다 우연히 마주치곤 했다. 마지막으로 만난 것은 여섯 달 전이었다. 심하게 야윈 모습으로, 무지막지하게 술을 마셔대던 기억이 난다. 당시, 그녀는 술자리 내내 우스운 소리를 늘어놓았다. 집에 먼지가 자꾸만 쌓인다는 거였다. 환기를 시키려 열어둔 창으로 미세먼지가 섞여든 모양인지, 먼지가 집 전체를 갉아먹으려는 듯한 착각이 들 정도라고. 그녀는 술에 취해 이그러진 발음으로 "먼지가 너무 쌓여, 뿌옇게 먼지가" 하며, 같은 말을 끊임없이 되풀이했다. 먼지가 말이야. 먼지가. 자꾸 쌓여. 이상해.

　　이후, 별 소식이 없던 그녀가 내게 처음 던진 말은 의외였다. 일을 그만두었다고 했다. 퇴사한 지도 어느덧 다섯 달이 지났으니, 이제는 먼 일이라며 내심 홀가분한 표정을 지어보였다. 그러곤, 그녀는 술 한 병을 주문해 잔에 따르기 시작했다. 잔에 술이 넉넉히 차자 그녀는 다시 말을 이어갔다.

　"어느 날 문득 그런 생각이 들더라고. 이대로 괜찮나. 이대로 살면 안 되는 거 아닌가 싶은 기분 있잖아. 뭐랄까. 세상이 전부 무신경하게, 나를 떼어놓고 돌아가는 느낌이라고 해야 하나. 뭐든지, 나를 통과하고 경유해야만 했던 날들이 있었던 것도 같은데, 요즘 들어 참 쓸모 없는 사람이 되어가고 있다는 생각이 들더라고 내가."

　심지어, 그녀는 몸도 그런 듯하다고. 종종 몸을 빌려 쓰고 있는 기분이 든다고도 얘기했다. 그녀가 새로운 일을 택하게 된 데에는 그런 몸의 영향도 컸다. 얼른 삶을 주도하고 자립해야 한다는 압박감이 들었다. 그 사실을 내게 고백하듯 얘기했을 때, 나는 그녀의 눈에서 시선을 떼지 않았다. 표정이 어딘가 위태로워 눈길로 잡아주어야 할 것 같아서였다.

　전문적인 기술을 요하는 일치고는 수습 시간이 짧아 택한 일이었다. 아카데미 광고에서 몇 달이면 바로 고객을 맞이하고 서비스할 수 있는 실력까지 교육이 가능하다고 했다. 샵을 차릴 수 있는 것도 그 교육과정쯤이면 충분하다고. 그녀는 '충분하다'는 시시한 문구에 마음이 흔들렸다. 자립이 그렇게 짧은 기간 내에, 손쉽게 이뤄진다는 말 같아 더욱 좋았다고 했다. 적성이라든지, 손기술이 필요하다느니 하는 말들은 눈에 채 들어오지도 않았다. 그 말이 꼭 의존할 만한 말이 못 된다는 걸 이미 경험으로 터득한 바가 있었다. 무언갈 결정하고 보증하는 데에 적성은 사실 아무런 연관이 없다고. 모든 일의 태반은 그런 것들과 전혀 상관없이 벌어졌다고. 살면서, 자신을 고려할 만한 일들은 좀처럼 일어나지 않았으니까.

처음, 이러한 속사정을 어머니에게 털어놓자 '다시 생각해 보라'며 은근 반대하는 눈치였다. 그때마다 그녀는 이런 일, '평생을 해도, 하고 싶지 않다'고 매번 단호히 얘기했다. 그럼에도, 끝내 수락이나 긍정적인 의사를 보내오지 않았다. 그렇다고 나서서 극구 말리려 들지도 않았다. 대신, 어머니는 계속해서 '안다'고, '그 말뜻은 아는데', 하며 그녀의 결정을 미루려는 듯한 암시를 내비쳤다. 그녀로서는 동의나 허락이 아닌 응원과 위로를 받으려 건 전화였다. 어머니도 그 사실을 빤히 모를 리 없었다. 그녀 역시 그런 어머니를 이해 못 하는 건 아니었지만, 속으론 이렇게까지 해야 하나 싶은 마음이 들었다. 그러니까, 한 번쯤 삶에 무모함이라는 걸 박수치며 부추겨줬음 하는 바람이었다.

삶에 결정이랄까, 주저 앞에서 그녀는 늘 과감한 편이었다. 물론, 늘 순조롭지만은 않았지만. 그래도, 그러한 시기. 다시는 돌아갈 수 없고, 혹여 되돌아간다 해도 이전과는 전혀 다를 게 분명한. 삶의 갈림길이자 전환점. 그 작은 사이가 그녀의 삶에선 꼭 필요했다. 결과야 어떻든 뭔갈 선택한다는 건 정말 중요했다. 그래서일까, 그녀는 옷을 고르듯 오랜만에 책임에서 비롯된 어떤 무게감을 걸치곤 한동안 어색함을 느꼈다. 그리고 그게 싫지 않았다.

몇 달간의 교육은 생각보다 짧지 않았다. 교육과정이 무료하다거나 불필요하다는 뜻은 아니었다. 그녀는 얼른 배우고, 깨치고 싶었다. 이러한 성급함은, '단기간'이라는 말이 그녀에게 얼마나 절실했는지를 잘 보여주었다. 그러니 일평생 손재주도, 기술도 없던 사람이 손에 핀셋을 쥐고 등이 굽도록 몰입하게 된 것도 어쩌면 당연했다. 재미도 있고, 그 즐거움이 분명히 손끝에 잡힌다는 것도 마음에 들었지만, 한편으론 수많은 노동과 스트레스로 지쳐가는 건 어쩔 수 없는 일이었다. 최근 들어, 미용에 관한 샵들이 눈에 띄게 많아졌다는 점도 신경 쓰인다고, 그녀는 내게 털어놓았다. 그래선지, 교육을 받는 와중에도 수시로 불안감에 휩싸였다.

"그래서, 어느 날은 비슷한 업종의 가게를 일일이 세며 다닌 적도 있다니까. 근데, 한둘이 아니더라고. 이 작은 동네만 해도 자그마치 나와 비슷한 업종의 샵이 다섯 개나 들어와 있는 거 있지."

그래서일까, 그녀는 최근 들어 수업을 마치고 나선 근방 일대를 늦은 저녁까지 서성이는 일이 잦아졌다고 했다. 가게 '터'를 알아보기 위해서였다. 하지만 기준에 충족되는 곳은 별로 없었다. 있다고 해도, 이미 가게가 들어선 경우가 태반이었다. 까닭에, 그녀는 정처 없이 밤을 어슬렁거리는 날이 많았다. 도로는 늘 꽉 막혀 정체되어 있었다. 도시의 리듬은 생각보다 빠르지 않았다. 매 저녁 그녀는 도시의 바깥을 위태롭게 걸었다. 눈가에 피로가 몰려든 탓인지, 얼굴에선 좀처럼 열기가 가시지 않았다. 머리도 어지러웠고, 특히 목덜미가 뻐근해 고개를 자주 젖혀줘야 했다. 취하는 자세가 자세이니만큼 얼굴 전체가 경직되어 있는 날이 많았다. 종일 고객을 손보고 있자면 한시도 긴장되지 않는 순간이 없었다. 얼굴에 절로 힘이 들어갔다. 가끔은 그런 모습이 어떻게 비칠까 신경 쓰인다고 했다. 집중하느라 벌어진 입이며, 힘이 잔뜩 들어가 매서워 보이는 눈매 같은 것들이 마음에 걸린다고. 여태껏 한 사람을 이토록 오래 내려다본 일이 없는 터라 그런 모양이었다.

그렇게 이 모든 말들을 털어놓자니, 그만 쓸쓸해지면서 그녀의 얼굴에 다시 힘이 들어갔다. 나는 그녀의 얼굴 윤곽에 희미하게 어른거리는 진동을 느낄 수 있었다. 어떤 불가해한 감정이 순식간에 덮치는 모양이었다. 아주 오래된 이야기, 그래서 아픈 이야기를 들었을 때처럼. 눈을 처음 떠 본 사람, 가까스로 소리를 듣게 된 사람처럼. 이제껏 단단히 버티고 있던 세계의 한쪽 면이 허물어진 것처럼. 평이하고 별 볼 일 없던 무엇들이 갑작스레 의미로 번져오기라도 하는 것처럼, 그녀는 조금 망연해 있었다.

  "근데, 이런 이야길 어디 가서 하겠어. 생각해보면, 처음이 일을 시작할 무렵엔 신이 나 들뜬 마음으로 친구들에게 연락도 자주 했었는데. 요즘 들어선 연락을 선뜻 걸기가 망설여지더라고. 그러고 보니 엄마한테 연락 안 한 지도 꽤 됐어. 걱정도 걱정인데, 무엇보다 내 처지를 들키고 싶지 않은 마음이 커서…."

  자신 스스로는 도저히 다잡을 수 없는 마음이었는지, 그녀는 다시 잔에 넘치도록 한가득 술을 부었다. 부으면서 손끝을 가늘게 떨었고, 눈에 차츰 붉은 기운이 차올랐다. 그런 그녀에게 나는 어머니에게 안부라도 전하는 것이 어떻겠냐고 말했다. 그녀는 손으로 휴대전화를 만지작거리며 망설였다. 그렇게 고심 끝에 어머니의 번호를 천천히 힘줘 눌러 내려가기 시작했다. 그러다가도, 막상 통화버튼 앞에선 잠시 머뭇거렸다. 한동안 망설이며 애꿎게 액정만 물끄러미 내려다봤다. 한참을 더 들여다보다 그녀는 결국 그만두었다. 교육이 일주일도 채 남지 않은 날이었다.

서울의 북극성

서울에 막 도착했을 때, 내가 보인 반응은 감탄하는 일도, 헤매고 어색해하는 일도 아니었다. 나는 다른 무엇도 아닌 '서울'이라는 그 사실 앞에 압도당하고 주눅이 드는 일이었다. 나는 당장 서울에 '도착'했다는 사실만으로도 큰 부담이 됐다. 왜냐하면, 서울은 소문이 우거진 도시 중 하나였기 때문이었다. 지방에서 대학 생활을 보내며 나는 내 또래 친구들이 하나둘, 계속해서 서울 속으로 사라지는 걸 배웅했다. 서울의 매료에 홀려 부푼 꿈을 간직한 채 향하는 사람이 있는가 하면, 가야 할 곳을 몰라 그 불안에 못 이겨 무작정 떠나는 애들도 있었다. 그러니까 서울은 무언가 '되기' 위한 곳. 꼭 무언가가 되려는 마음이 없어도, 언제나 고정된 자리에서 그리워하는 마음을 부추기는 태생지같이. 언젠가 꼭 한번 들러야 할 고향처럼 느껴졌다. 그리고 그중에는 동갑내기 친구 한 명도 포함되어 있었다.

내가 서울에 오게 된 것도 별반 다르지 않았다. 나도 제 초조에 떠밀려 떠난 다른 이들처럼, 정말 딱 그 정도의 이유로 서울에 들어섰다. 친구가 떠나고 난 후, 근 일 년 만이었다. 그 날 친구는 터미널에 마중을 나와 있었다. 밝은 표정으로 나를 반겼다. 타지에서 우연히 마주친 고향사람의 얼굴마냥 그랬다. 나는 친구를 그토록 밝게 만든 것이 무엇인지 알 수 없었다. 다만, 나는 그런 친구의 모습이 어쩐지 조금 낯설게 다가왔는데, 선명하고 명랑한 표정에서 밀도 높은 불안의 낌새가 느껴졌기 때문이었다. 긴 침묵 속에서 대답을 기다리는 사람처럼 알 수 없는 호소가 언뜻 비쳤다. 겸연쩍고 어찌 보면 측은하기도 한 표정. 서울이 내게 건네는 첫인상일지도 몰랐다. 친구는 내 손에 들린 캐리어를 얼른 가져갔다. 그러곤 지금 생각해봐도, 어떻게 대해야 할지 모르겠는 표정으로 말을 걸어왔다.

"오느라, 많이 힘들었지?"

그러니까, 바로 그날. 캐리어를 끌며 언덕을 오르면서, 친구는 내게 열심히 말을 붙였다. 저 음식집은 어떻고, 저 카페의 분위기는 어떠며 한참을 늘어놨다. 친구는 내게 미안함을 느끼는 모양이었다. 그러지 않아도 되는데. 나는 거드는 말에 일일이 맞장구를 치며 좋다는 티를 부렸다. 친구는 다행이라 여기는 것 같았다. 그러곤 친구가 '앞으로 운동 걱정은 없겠다. 그지?'라고 말을 건네는 순간, 어느새 우리는 언덕을 다 올라와 있었다. 나는 언덕 정상에서 멀찍이 보이는 남산타워를 한동안 감상했다. 문득, 이곳의 위태로움과 높이가 남산타워와 닮아 있다는 생각이 얼핏 스쳤다. 친구는 손가락으로 남산타워를 가리키며 내게 말했다.

"저거 봐. 서울이야."

다름 아닌 '서울'이라는 걸. 우리가 지금 머무르는 곳이 바로 그 '서울'이라는 걸, 친구는 왜 말했던 걸까. 기대와 낙관이 꿈처럼 붙은 '서울'이라는 단어에 조금 기대길 바랐던 걸까. 나는 한동안 집 앞 편의점에 들르거나, 버스를 타러 가는 와중에도 수시로 남산타워와 맞닥뜨렸다. 남산타워는 서울 전역 어디에서도, 고개만 들면 곧바로 눈에 들어왔다. 이곳이 서울임을 표 내듯 서울의 중심에서. 도심 전체의 시선이 닿을 듯한 규모와 높이로 품위 있게 세워져 있었다. 서울의 북극성. 서울을 상기시키게 만드는 많은 것들 중 유달리 눈에 잘 띄던. 지대가 높아, 아울러 우리가 사는 동네의 몸집이 작아 더욱 선명히 드러나던. 나는 남산타워가 너무 노골적으로 눈에 집히는 것이 점차 신경 쓰였다. 마치 내게 자꾸만 뭔갈 부추기고 채근하는 느낌이 들어서였다. 그때까지만 해도 나는 내가 서울에 온 '진짜' 이유를 몰랐다. 서울은 크니까. 서울은 크고, 그래서 그 범위 안에는 왠지 내가 되려는 '무엇'도 있지 않을까 하는, 근거 없는 막연한 기대를 품었으니까. 나의 꿈은 입체적이었지만, 동시에 구체적이진 않았으니까. 그래선지, 남산타워는 종교적인 표식처럼 나를 늘 의식하게 만들었다.

당시 우리가 살던 집은 좀처럼 집같이 느껴지지 않았다. 집 안 전체에서 정체 모를 이질감이 풍겼다. 집에 '살고'있는 것이 아닌, 내가 집에 '신세'를 지고 있는 기분이랄까. 정착을 하고 나서 한동안 잠을 제대로 자지 못한 것도 그 까닭이었다. 몸이 적응하는 데에는 꽤 오랜 시간이 필요했다.

그래서일까, 내가 서울에 도착한 지 며칠간 제일 매달린 일은 다름 아닌 관광이었다. 나는 스스로에게 내심 어떤 '실감'을 주고 싶어 했다. 이곳이 서울임을 몸소 느껴보고 싶었달까. 나는 내 스스로에게 먹게끔 부추겼고, 보게끔 떠밀었다. 소위 말하는 맛집을 찾아가거나, 연예인이 운영한다는 카페에 방문하는 식이었다. 나는 지문으로 점자를 해독하듯 작은 두 발로 서울의 부피를 하나하나 짚어나갔다. 그리고 난생처음 접해본 서울 중심의 문화에 매번 감탄했다. 복잡하게 얽힌 노선도를 보곤 내심 그 규모에 놀랐고, 그 안에 자리한 무수히 많은 사람들의 행렬에 어안이 벙벙해졌다. 반면, 친구는 이미 경험해본 사람답게 건조한 여유로움을 내보였다. 그럼에도, 미처 감추지 못한 여운이 얼굴 위로 문득문득 새어 나오기도 했다. 잘못된 관계가 그렇듯, 나는 서울에 상처 입은 동시에 의지하는 사람 같았다. 하나, 그러한 일도 한두 번이었다. 얼마 지나지 않아 우리는 초여름 더위에 땀을 뻘뻘 흘리며 지겹도록 '자소서'를 써야 했다. 왜냐하면 그즈음 연이어 지원했던 수십 곳으로부터 불합격 통보를 받았기 때문이었다.

우리가 정말 미친 듯이 '자소서'에 매달리기 시작한 건 그때부터였다. '자신의 인생사를 에세이로 작성하여 첨부하라'거나, '본사의 단점과 그에 극복 방안을 제시하시오'와 같은 것들과 사투를 벌이며 머리를 싸맸다. 학부 시절 내내 과제에 파묻혀 지냈는데, 지금이라고 별반 다르진 않았다. 나는 자신이 생전 처음 겪어보는 문제에 고민하고, 분석하여 판단하고, 해결책을 내놓았다. 제 인생에 드물게 찾아온 몇 번의 기회를 과장하고, 쓸데없는 사건을 복기하며 교훈을 찾는 일도 잊지 않았다. 종종 자신의 장점이나 단점에 대해 물어오는 질문지를 받아들었을 땐, 적잖이 고심했다. 그렇지만, 나는 눈을 씻고 찾아봐도 나의 장점을 발견할 수 없었다. 그래서 나는 소극적인 성격을 신중하다거나, 학비를 버느라 자질구레한 아르바이트 경력을 '생활력이 강하고, 습득 능력이 뛰어난 인재'라고 포장했다. 우리가 흔히들 생각의 전환이라고 부르는 것들처럼, 위기에 기회가 있다는 명사의 빤한 대안처럼. 양면을 가볍게 뒤집어 다른 국면을 제시하는, 그러면서도 결코 평범하지는 않은 방식처럼 말이다. 그렇지만 그건 내게 대단한 깨달음은 아니었고, 그저 말장난에 불과했다.

그렇게 나는 수십 곳에 지원서를 뿌려대곤 초조히 연락을 기다렸다. 나는 원서를 넣다 이제야 알았다는 식으로 '이 제품이 여기 거였어?' 하며 새삼스러워할 때도 많았다. 하루는 지겹도록 흘러가고, 벽 틈으론 입김처럼 외풍이 불고, 수도는 자주 끊겼다. 본격적인 여름이 되기 전부터 집 안은 이미 열기에 숨이 막혔다. 하지만, 우리가 할 수 있는 일은 그다지 많지 않았다. 그래도 괜찮았고, 이상할 건 없었다. 우리는 점점 단순해져 하루가 어제 같았지만, 어제와는 다른 마음이 있었다. 낙관과 기대가 서울처럼 크게 부풀다가 이도 저도 아닌 결과를 기다리며 막연히 지쳐가는 식이었다. 가끔 친구는 '지금 여기'에 지칠 때면 '다음 저곳'을 상상해 보기도 했는데, 그러니까 어떤 삶의 전형이라는 걸. 우리가 너무도 잘 아는. 취업을 하고, 적금을 쌓고, 삶 속 각종 불화와 화해 같은 삶의 경로를 슬쩍 떠올려보는 거였다. 나는 제 삶을 소유하기 위해 머릿속으로 선택과 선택을 반복했다. 죄다 비슷비슷하고 그래서 지긋지긋했지만, 그런 부분 하나하나가 삶에 애착을 만들고, 삶을 주장할 근거가 됐다. 어떻게든 받아들일 여력이 생겼다. 그렇다 해도, 하루도 불안하지 않은 날이 없었다.

다행히도 면접을 볼 기회가 있긴 했다. 면접비가 제공되는 흔치 않은 곳이었는데, 합격 소식을 듣곤 며칠간 잠을 설친 기억이 난다. 한동안 예상 질문지와 그에 적합한 답을 생각해내느라 거진 시간을 다 보냈다. 우리가 예상한 질문은 빤했고, 성의껏 내놓은 대답들은 하나같이 진부했지만, 오랜만에 같이 무언갈 공들여 준비한다는 사실만으로도 큰 위안이 됐다. 우리가 밤새도록 써내려갔던 얘기들을 누군가 고개를 끄덕이며 귀기울여주고, 말을 걸어온 것 같은 기분이 들어서였다. 비록 근사하진 않더라도 크게 모나지 않다는. 조금은 서툴어도 나름 그럴싸한 삶의 무늬를 그려나가고 있다는 안도감에 내심 마음이 놓였다. 비록 약간의 과장과 적당한 빈말이 섞인 자소서일지라도, 내 삶의 반경에서 크게 벗어나진 않으니까.

면접을 보기로 한 날에는 이른 아침부터 비가 내렸다. 드러누운 방 안으로 습기가 차 집 전체가 눅눅했다. 비는 도시 전역에 고루 내리며, 공기의 흐름, 질감, 기운 같은 것들을 하나둘씩 바꿔 놓고 있었다. 단 한 번의 끊김도 없이 질기도록 내린 비 덕에 서울은 여느 때보다 몹시 부산스러웠다. 그리고 나는 그때 집같이 느껴지지 않은 집에서, 집다운 무언갈 발견할 수 있었는데, 그건 다름 아닌 안도감이었다. 바닥을 향해 세차게 고꾸라지는 빗줄기가 내가 자리한 이곳과는 전혀 무관하다는 생각이 들자 그런 감정이 일었다. 부재가 어느 땐 존재감을 발휘하듯 외부가 공간의 내부를 부각시켰다. 빗소리 사이로 사람들의 발소리가 간간이 섞여 들려왔다. 그렇게 거듭 되푸는 골목의 소란 속에서, 나는 영락없는 사회 초년생의 모습으로 늦은 아침을 때웠다. 한 손에 예상 질문지와 답안을 손에 든 채 말이다.

면접은 총 세 번에 걸쳐 이루어졌다. 간단한 질문과 몇 가지의 시험, 끝으로 면접자들과 함께 진행되는 토론이었다. 나를 제외한 다른 이들은 이 분야에서 오랫동안 일을 해온 사람들이었다. 그래선지, 그들은 태도 하나하나가 여유로웠고 재치있게 답을 할 줄 알았다. 그와 달리 나는 조심스럽게 말을 고르느라 말과 말 사이에 뜸이 길었고, 어떤 질문에는 긴 침묵으로 대답을 대신할 적도 많았다. 면접은 거진 네 시간에 걸쳐 이어졌다. 나는 질문이 계속됐고, 시간이 흐를수록 점차 불안해졌다. 면접을 망쳤다거나 가망이 없어서는 아니었다. 그보다는 내가 덜컥 합격이라도 해버리면 어쩌나 하는 우려심이 들어서였다. 다시는 돌아올 수 없는 한 시절과 작별하는 기분이랄까. 또 다른 삶의 국면으로 접어든다는 두려움과 빤한 삶의 수순이 지긋지긋하게 느껴졌던 까닭도 있었다. 그러자 이 면접자리가 사뭇 불편하게 여겨지기 시작했다. 초대받지 않은 불청객처럼, 쓰지 않던 몸의 근육을 움직이는 것처럼 낯선 이질감이 들었다. 얼른 벗어나고 싶다는 마음이 간절해졌다. 이 공간에 얹힌 분위기랄지, 경직된 기운들도 더이상 견디기가 버거웠다. 차라리 이제껏 겪어왔던 불안을 얼마간 더 견뎌보는 것도 나쁘지 않을 것 같았다.

　가까스로 면접을 마치고 집에 도착해선 곧장 바닥에 드러누워 천장만 바라봤다. 괜한 우려와 불안, 기대와 안도가 뒤엉켜 감정에 기복을 만들어냈다. 그러다가도 면접에서의 일을 떠올리자면 몹시 부끄러웠다. 도시가 비에 잠기는 소릴 들으며, 나는 한동안 스스로에게 되물었다. 아무래도 나는 나약한 걸까. 현실 감각이 없는 걸까. 다 겪는 일이고 흔한 일인데, 무엇이 그렇게 두렵고 무서웠을까. 나는 내 자신이 정말 아무것도 아닌 듯 느껴졌고, 정말로 내가 아무것도 될 수 없을까 봐 울음이 나올 것만 같았다. 그렇게 내 잘못을 뉘우치듯 고백하면서도 혹여 합격 소식이라도 들려오면 어쩌나 하는 우려심이 들 때면, 이 모든 걱정이 초라하고 보잘것없게 느껴졌다. 하지만, 시간을 되돌린다 한들 결과는 크게 다르지 않을 터였다. 살아온 삶의 범위에서 고를 수 있는 선택지란 대체로 비슷하니까. 결과적으로는 크게 벗어나지 않는 선에서 불가피한 선택을 하고 말았을테니까. 결국, 나는 그날 면접비로 받은 돈은 전부 술을 마시는 데에 썼다. 그러곤 밤새 토를 했다. 그때는 그랬다. 내 삶이 이대로 있으면 안 될 것 같았고, 한편으로는 어디로 가는 것이 막막하고 두려웠던, 청춘이 청춘인 줄 몰랐던, 모순된 젊은 날이었다.

노인과 담배

"담배 있어요?"

그렇게 묻는 노인의 얼굴은 어두웠고, 그래서 잘 보이지 않았다. 어딘가 왜곡되어 있는 모습이었다. 낯빛이 밝지 않았다.

"저, 담배가 없는데."
"아니, 그러지 말고."

나는 담배가 없는 게 아니라, 담배를 피우지 않는다고 명확히 잘라 말했다.

"정말 없어?"
"네, 정말 없어요. 안 피워요."

노인은 내 말을 믿지 못하는 것 같았다. 내 말에 수긍하면서도 내심 어떤 기대감을 품고 있는 듯한 모습이었다. 끝내 내가 못 이겨 줄 것처럼.

"왜 안 피워 그래, 담배를."

대낮인데도, 사람들은 취한 것처럼 드러누워 널브러져 있었다. 여전한 건 여전하고, 아무래도 별다를 것 없는 날이었지만, 늘 잔치를 벌이는 것처럼 공원은 북적거렸다. 매일매일이 기념일이었다. 익히 보아온 사람과, 오래 지내온 사람들이 서로의 안부를 물었다. 가벼운 농담이 오갔다. 어느 누군가 철 지난 유행가를 부르면, 사람들은 따라 우물거리거나 추임새를 넣었다. 저 어디선가, 혼자 분을 삭이듯 외설적인 욕을 되뇌이는 모습이 비쳤다.

"그거 알아요?"

그가 어떠한 전조도 없이 대뜸 내게 물었다. 나는 조금 놀란 표정으로 그를 바라봤다. 내게 무언갈 알려주고 싶어 하는 눈치였다.

"어떤 거요?"

    대답을 듣는 노인의 표정이 마치 무언갈 숨겨놓은 사람 같았다. 감추면서도, 동시에 드러내고 싶어 하는 기색이었다.

    "저기, 연초제조창이 있었어요. 담배공장."

    "아."

    들어본 기억이 났다. 하지만, 내가 아는 것은 그게 다였다. 나는 반응이 좋지 않은 사람이라 들었다는 말만 짧게 꺼내 얘기했다. 더 이상 묻지 않았다.

    "거기 근처 일대가 교도소처럼 큰 담이 처져 있어서 외부인은 들어가지도 못했어. 근데, 그 주위를 지나가면 냄새가 그렇게 나. 냄새가 사그라들지를 않았다고. 담배 피우지 마, 안 피우는 게 좋지. 뭐하러 펴 그걸. 피우지 마."

    어르신은 건조한 반응에도 아랑곳하지 않고 줄기차게 말을 늘어놓기 시작했다. 묻지도 않은 이야기를 자꾸만 꺼냈다. 어떠한 사실을 알려준다는 데에 큰 만족감을 느끼는 모양이었다. 어르신은 하던 말을 또 하고, 그러다 번뜩하면 하지 않은 말까지 금세 찾아 들려주었다. 특히, '담배' 이야기를 할 때면, 불현듯 그의 눈가에 한 시절이 피어올라 아득하게 휘청대고는 사라지는 게 보였다. 그럴 땐, 침묵으로 일관하던 나도 '아, 그렇습니까' 정도의 맞장구는 쳐줄 수밖에 없었다.

"품질 경진대회에서 수상도 하고 그랬다고, 이곳 담배가."

그는 담배를 빌리러 온 사람이 아니라, 담배로 말을 붙이러 온 사람 같았다. 손이 허전한지 어르신은 말을 하는 내내 손바닥을 쥐고 펴는 시늉을 반복했다. 주위는 시끄러웠고 무더웠다. 다들 얼굴이 벌겋게 달아올랐다. 그리고 옆에서 노인은 숨을 거칠게 쉬며 연신 침을 바닥에 뱉어내고 있었다. 속을 자꾸만 게워냈다. 그러는 와중에도, 내게 말을 붙이는 일을 빼먹지 않았다. 쇳소리가 목에 섞여 들며 잘 들리지 않지만, 나는 알겠다는 양 고개를 끄덕였다. 꼭 말을 하지 않더라도 그에게 전달되는 무엇이 있지 않을까 하는 생각에서였다.

"근데, 담배 냄새가 자꾸 맡아보면 좋아. 메케하면 메케하고, 쓰기도 한데 또 그게 어느 때는 달고 냄새가. 가죽 냄새같이."

나는 그런 것 같기도 하다고. 가끔은 담배가 갖는 그 향이 좋을 때도 있다고. 타고 들어가면서 내는 특유의 냄새가 있다고. 시간을 들여 만든 것처럼. 그가 내 말뜻을 이해했는지, 고개를 작게 끄덕였다. 그러고 보면, 냄새는 다른 감각보다 유난히 추상적인 면이 있다. 나는 담배 냄새를 떠올리고도, 오래된 서가가 연상됐고, 비에 젖어 무른 나뭇잎이 생각났다.

하나의 이름을 두고 서로 다른 별명을 불러주는 일처럼, 냄새
는 고정되지 않고 엉겨 붙어있는 것만 같다. 그래서 가끔 냄
새는 맡는 일이 아니라, 무언갈 읽어내려는 시도와 비슷하다.

　말을 마치곤 한가하게 앉아 주위를 둘러봤다. 다들 무거운
볕을 등에 인 채 고개를 숙이거나, 입을 벌려 몸속 더운 기운
을 벗겨내고 있었다. 그리고 사람들은 쉬지 않고 말했다. 말
이 말을 부르고, 말을 낳았고, 말을 부풀렸다. 한 사람의 입에
서 나온 말이라도, 여러 사람의 귀에 들어가 각자의 말을 끌
어냈다. 때문에, 사방은 소란스러웠다. 끝나지 않는 돌림 노
래처럼, 허다하게 부는 시원한 바람처럼 계속 이어졌다. 나는
귀에 잘 걸려들지 않는 말들을 반쯤 가만히 흘려들었다. 누군
가의 험담과 탄식과 차마 말할 수 없는 말들이 비집고 쏟아져
나왔다. 어르신들은 자주 욕을 했다. 다투거나 화를 냈다. 그
러다가도, 금세 조금 전의 일을 까맣게 잊기라도 한 듯 실팍
하게 장난을 치고, 농담을 던졌다. 그게 다 실은 장난이었을
까, 싶을 정도로 그랬다. 분위기의 기복이 심하게 오르내렸고
나는 그 위를 위태롭게 떠다니는 기분이었지만, 다른 이들은
노련한 뱃사람처럼 하나같이 차분했다. 도무지 섞여들 수 없
는 층이, 가까스로 들어가려 해도 원래의 상태로 도로 돌아가
려는 성질 같은 것이 내재된 듯 느껴졌다. 어쩐지 나는 이곳
과 무관하다는 생각이 들었다. 그래도 나는 앉아 있었다. 오
래도록 눈에 들어오는 모습을 차분히 담았다.

그때는, 하고 옆의 노인이 말을 꺼냈을 때, 나는 작은 개 한 마리를 품에 안고 가는 노인을 보던 참이었다. 회색빛의 털이 무성한 개였다.

"그땐, 이름부터 참 예뻤어. 라일락, 장미 그랬다고 담배가."

호흡에 밀려 연거푸 피어오르는 꽃의 모습이 떠올랐다. 봉오리 속, 아직 피지 않은 봉오리가 태아처럼 웅크린 채 피고 피고, 벌어져 겹겹이 잎이 트는. 물론, 그럴 리야 없겠지만 말의 어감은 그런 장면을 떠올리기에 충분했다. 어르신은 기억을 더듬어 걸리는 담배 이름들을 얼마간 더 열거했다. 내가 미처 알 수 없는 이름의, 시절의 이야기였다. 나는 적당한 대꾸를 하며 얘기를 주워들었다. 그는 말을 하면서도, 자주 고개를 어딘가로 멀리 치켜세웠다. 그렇게 무언갈 응시하듯 눈가를 멀리 던져 놓을 때면, 내겐 보이지 않는 장면들이 눈앞에 아른대는 것처럼 보였다. 나는 그가 무엇을 보는지 짐작조차 할 수 없었다. 그가 떠올리는 과거와 내가 상상하는 과거는 분명 다른 세계일 터였다. 우리는 도무지 메울 수 없는 긴 시차를 두고 앉아 있었다. 같은 곳에서 서로 전혀 다른 세계를 감각하고 있었다.

"근데, 담배를 원래 안 피운다고 했나, 아니면 끊었다고 했나."

노인이 다시금 내게 물었을 때, 나는 아니라고, 펴 본 적이 없다고 대답했다. 그가 이내 긴 한숨을 쉬며 자리에서 일어났다. 무슨 말을 하려는지 뒤를 한번 돌아보더니, 끝내 아무 말도 하지 않았다. 저 멀리서, 잘 알아들을 수 없는 억양으로 싸우는 소리가 들렸다.

민주와 효진

제주의 바람은 선선했다. 이따금씩, 그냥 바람이 아닌 바닷바람이라는 걸 표 내듯 드세게 불었다. 바람은 코로, 입으로 들어왔다. 귀에선 소용돌이치는 바람 소리와 함께, 간간이 철썩하고 바닷물 부서지는 소리가 들렸다. 민주는 묵묵히 자전거 페달을 밟다 멈춰 서 어느 한 지점을 응시했다. 그렇게 한동안 무언갈 판별하듯 뚫어지게 바라보다 이내 한 이정표를 가리켰다.

"이것 봐."

효진은 그 순간을 놓치지 않고 재빨리 필름카메라에 담았다. 딸칵하는 소리가 났지만, 민주는 미처 듣지 못했다.

"이쪽으로 가면 갈대밭이 나온대."

민주가 고갤 돌려 웃으며 말했다.

"…."

"몰래 찍어주는 거야."

여행 전, 효진이 한 말이었다. 서로를 몰래 찍어주자고, 서로가 서로에게 아름다운 순간을 저장해 선물해주자는 뜻이었다. 민주는 가만히 듣더니 좋겠다고 맞장구를 쳤다. 그렇게 제주에 오고 나서는 각자 자신은 모르지만, 서로는 분명 알고 있을 장면들을 찍기 시작했다. 효진은 주로 민주가 혼자만의 시간을 갖는 순간을, 사색에 젖는 찰나를 담았고, 민주는 대개 효진이 놀라워하는 장면이나 장난기 가득한 얼굴로 기뻐하는 모습을 찍었다. 물론, 서로는 그 사실을 알지 못했다.

여행을 제안한 건 민주였다. 멀리 떠나자고, 될 수 있으면 긴 시간을 들여 떨어질 수 있는 곳이었으면 좋겠다고. 효진은 그 부탁을 흔쾌히 수락했다. 오랜만에 떠나는 여행이었다. 안 갈 이유가 없었다. 마침, 효진도 적당한 퇴직금을 받곤 오랜 기간 정규직 전환이 되지 않던 직장에서 잘린 직후였고, 민주는 지지부진한 연애 기간 끝에 막 이별을 맞은 참이었다. 대학 내내 떨어지면 못 살 것처럼 붙어 다니던 시절도 있었는데, 언제부턴가 소원해지기 시작하더니 결국 끝을 맺고 만 거였다. 하루가 다르게 마음이 식어가는 데 반해, 둘은 여전했고 상황은 나아지지 않았다. 완결된 이야기처럼 아주 자연스럽게 둘은 헤어졌다. 그래선지, 민주는 이별을 맞고도 크게 동요하지 않았다. 약간의 후유증이 멀미처럼 섞여들었지만 견딜 만했다. 하지만, 그러한 날이 지속되면서 민주는 점차 무기력해졌다. 쉬이 가라앉지 않았다. 체한 듯 수시로 마음이 갑갑했고 불안했다. 처음엔 슬픔이 가시는 데 시간이 걸리는 건가 해, 퇴근하고 나선 집 밖을 나서지 않고 집에만 늘어 붙어 지냈는데, 도저히 안 되겠다 싶었다. 제주에 온 이유는 그 때문이었다. 그런 돈과 그런 마음으로 떠난 여행이었다.

이정표를 따라 둘은 더 깊은 곳으로 들어갔다. 바람은 차고, 도로는 한적했다. 텅 빈 허공 너머론 해가 점차 기울었다. 민주는 평소보다 말을 아끼며, 점점 더 지루해져만 가는 시간의 동선을 바라봤다. 효진은 얼굴에 닿는 바람의 감촉이 간지러운 듯 자주 웃어 보였다. 페달을 밟을 때마다 발가에 풀들이 소스라쳤다. 둘 사이로 이제껏 경험해본 적 없는 한가함이 나른하게 출렁였고, 시간의 마디가 늘어지며 더디게 흐르는 듯했다. 꿈의 초입처럼, 서서히 의식을 차릴 때의 가물거리는 백색처럼 수시로 빛이 눈에 들어왔다. 눈을 감아도 빛을 볼 수 있었다.

다 도착해서 둘은 한동안 말이 없었다. 잠시 말을 잃어버린 듯 입을 떼지 않았다. 난생처음 마주하는 광경에 그만 넋이 나간 거였다. 낡아 빛이 바랜 듯 갈대밭이 일제히 흔들리는데, 아주 먼 과거를 회상하는 일처럼 아마득한 구석이 있었다. 이전에도 본 적 없고, 앞으로도 보기 드문 풍경일 터였다. 먼저 민주가 자전거를 구석에 세워두곤 물에 몸을 담그듯 허정허정 들어갔다. 갈대의 수심을 헤아리듯 한 발씩 조심스럽게 내딛으며 나아갔다. 가만히 지켜보고 있던 효진도 곧 다급한 듯 민주를 뒤따랐다.

갈대는 사방에서 불어오는 바람에 일일이 반응하며 허우적거렸다. 여러 무늬를 그려 넣으며, 물결처럼 일렁였다. 그 속에서 민주와 효진은 바다에 표류하듯 손으로 갈대를 쓸어 넘기며 천천히 걸었다. 빛이 좋아 갈대 표면에도 생기가 돌았다. 여태껏 많은 걸 훔쳐봐 온 눈이 무안할 정도로, 둘은 뭐든 보고 감탄을 쏟아냈다. 바람을 형성하는 공기의 운동이랄까, 공기가 서로의 체온을 비비며 스치는 감촉도 부드럽고 싱그러웠다. 정말, 제주 바람은 사나워도 그 맛이 좋았다. 너무 빤해 보이는 물맛도 조금씩 차이가 있듯이. 그 미세한 차이 덕에 먼 타국에서까지 물을 수입해 마시듯이 바람도 그랬다. 지층의 성분이 점차 섞여들어 물에 맛을 내는 것처럼, 제주 바람도 제주의 입자가 바람에 맛을 내고 어떠한 촉감을 만들어내는 걸지도 몰랐다. 둘은 종종 입을 벌려 바람을 크게 들이마시기도 했는데, 그러면 몸이 떠오를 것처럼 한껏 부풀었다.

"하아."

앞서 걷던 민주가 기지개를 켜며 크게 숨을 들이켰다. 효진은 그 순간을 놓치지 않고, 필름 카메라에 고이 담았다. 찰칵, 하는 소리가 났다. 민주가 이어 말했다.

"근데 있잖아, 갈림길에 선 순간에선. 그러니까, 뭔가 큰 결심을 하고 나면 왜 늘 벗어나고 싶은 마음이 드는 걸까."

둘은 학창시절 갖가지 이유로, 저마다의 상황으로 버릇처럼 여행을 다니곤 했다. 우습지만 진지했던 연애나 가정불화라든지, 말로는 쉬이 다 설명할 수 없는 지극히 사적인 일에 관해서도 둘은 서로를 찾았고, 위로를 아끼지 않았고, 될 수 있으면 어디든 함께 떠났다. 책임을 필요로 하는 용무나 생활을 제쳐두고서라도 시간에 공백이랄까, 어떠한 틈을 쪼개 마련했다. 떠나지 않고는 살 수 없는 사람처럼 그랬다. 가끔은 그 후유증 탓에 일상의 균형이 망가지기도 했지만, 떠나는 일에 주저하지 않았다. 과감해서라기보다는 그런 마음이 일면 좀처럼 가라앉지 않아서였다. 특히, 대학 시절엔 먼 타지에서 역할이나 지위, 신분도 버린 채 그토록 멀어지려 했던 일상을 관광하고 타인의 노동을 감상하며 느끼는 일종의 우월감을 좋아했다. 아무것도 하지 않을 권리를 만끽했다. 시간의 궤도 내에서 잠시나마 이탈하는 듯한 기분을 온전히 누렸다. 그

건 낭비가 아니라 경험이었고, 무모함이 아니라 도전처럼 느껴져서였다. 하지만, 그러한 순간은 금방 지나가 버렸다. 졸업하고 나선, 둘은 여행가는 일에 극도로 소원해졌다. 이제는 경험과 도전보다는 결과와 안정에 치중해야 하는 시기였다. 여행은 오히려 도피처럼 해석될 여지가 많았다. 때문에, 여행하는 내내 뭔가를 잃어버린 것도 같고, 까먹은 것 같기도 한. 도대체 그게 무엇인지 알 수 없는 묘한 허탈감이 마음에서 줄곧 불안정하게 흔들렸다.

　"그러게, 요즘 더 그런 거 같아."

　효진도 요즘 들어 기분에 환기가 필요하다는 느낌을 자주 받았다. 일을 그만두며 집에 쉬는 동안, 부쩍 자주 그런 생각이 들었다. 집에 있으면서도 자주 알 수 없는 낭패감과 불안함을 느꼈다. 뭐든지, 나를 통과하고 경유해야만 했던 날들이 있었던 것도 같은데, 이제는 허락을 부탁하거나 요구하는 일들이 잘 없었다. 요 짧은 사이 몸도 자주 아팠다. 그래서인지, 며칠 쉬면서도 쉰다는 느낌이 잘 들지 않았다. 얼마 못 가 또 일을 나가야 한다는 사실이 의식돼 그런 듯했다. 휴식을 최대한 즐기려 애썼다. 그렇다고, 크게 뭘 하고 싶은 욕심은 없었다. 낮 동안 잠에 허우적대다시피 자놓고, 늦은 저녁이면 또 잠을 자는 식이었다. 잠은 시도 때도 없이 몰려들었다. 몸도 아는 모양이었다. 관광지에서 필사적으로 사진을 찍어대는 분주한 관광객처럼, 몸도 부랴부랴 잠을 챙기려는 것 같았다. 몸이 이렇게까지 잠을 해치우는 건 처음이었다.

"무슨 일 있어?"

민주가 걱정하듯 효진에게 물었다. 효진은 괜찮고, 별일 없다는 식으로 둘러댔다. 그보다 애써 드러내고 싶지 않은 표정이나 행동 같은 것들을 서로 숨기기에 바빴다. 어떤 우환이나 근심을 표 내지 않으려고. 그런 거 다 말해봐야 다 무슨 소용이겠냐 싶은 일종의 체념과 회의로 일관했다. 오래 서로를 견뎌온 사이임에도, 이렇게까지 소극적일 수밖에 없는 건 참 이상한 일이었다. 누군가를 좋아하는 마음에서 발견해주고 이해해주길 바라는 신호를 보내고 어떠한 여지를 계속 드러내는 반면, 그 반대의 경우도 있었다. 차마 가져가지 않았으면 하는 말, 마음 같은 것들이 샐까 봐 뻔뻔해지는. 그 뻔뻔함이 얼마나 빤해 보이는지 모른 채, 괜찮다고, 별일 없다고, 이야기하게 되는. 민주는 훤히 짚이는 구석이 있었지만, 차마 말을 꺼내진 않았다.

"나 요즘 일 배워."

효진은 불길한 조짐처럼 번져나가는 분위기를 어떻게든 해소해 보려 딴 얘기를 꺼내기 시작했다.

"무슨 일?"

"요새 미용 아카데미 다니고 있거든."

"갑자기?"

부러 민주에게 말을 하진 않았지만, 일을 시작한 건 두 달 전쯤이었다. 휴식 기간 내 얼른 삶을 주도하고, 자립해야 한다는 압박감이 들어 알아보던 중 광고에 이끌려 등록한 터였다.

"어때, 할 만해?"

"집중해야 하는 일이라 그런가, 눈이 시린 것 빼고는 괜찮아. 아직 배우는 단계인데 뭘. 넌?"

"나는 뭐, 그대로지."

민주는 꽤 오랫동안 한 직장에서 근무했다. 가중된 업무에 스트레스 받으면서, 으레 농담처럼 건네는 대표의 무리한 요구에 일일이 비위를 어떻게든 맞춰가면서 말이다. 마음 같아선 더 나은 직장으로 옮기고 싶은 마음이 컸는데, 요즘 같은 때 이직하기란 쉽지 않았다. 구직 사이트를 훑다 보면 나보다 나은 경력의 지원자들이 지천으로 널려 있었다. 대표도 그걸 아는 모양인지, 민주에게 이런저런 일을 수시로 부추기며 떠넘기길 망설이지 않았다. 하루가 멀다 하고 피가 말라가는 기분이었다. 그러면서도, 자신이 한 곳에 소속해 있다는 안정감과 무언갈 소비하며 느껴지는 자유로운 감각을 떨쳐낼 수 없었다. 민주는 그 약간의 만족감을 취하기 위해 다른 불편함을 기꺼이 모두 감수했다. 실보다 득이 아주 조금이나마 더 나은 선택지를 선택했다. 그리고 자신이 그러한 선택을 반복하고 있다는 사실에 대해 알 수 없는 죄책감을 느꼈다. 그것은 민주가 제 삶에게 갖는 일종의 눈치일지도 몰랐다.

"저번에 기억나?"

민주가 화제를 돌려 말했다. 그리고 지난 일에 관해 이야기했다. 지금, 이 순간의 걱정을 잠시 잊어두자는 듯, 각자 서로에게 새겨진 기억을 다시금 꺼내 보자는 양 천천히 과거를 더듬기 시작했다. 민주는 지난번, 자신이 먹은 인생 음식에 관하여 말했다. 대략적인 가게의 위치와 음식의 맛을 설명하면서, 언제 한번 같이 가자고 꼬드기면서. 효진은 자기가 여태껏 부지런한 부류의 사람일 거라 생각했던 것에 반해, 며칠을 쉬는 내내 얼마나 게으르게 지냈는지에 대해 털어놨다. 꼼짝하지 않고 먹기만 하면서. 각종 오락 프로그램을 보고, 먹는 방송을 보며 따라 음식을 삼키고, 다시 자고, 하는 생활을 지루하지만 얼마나 성실히 이어갔는지. 그렇게 더듬더듬 화제를 두서없이 이어가다 보면 종종 엇갈린 기억을 떠올리기도 했는데, 누군가 지난번 함께 먹은 떡볶이가 맛있지 않냐며 물으면, 마지막으로 함께 먹은 음식이 파스타였지 않냐고 반응하는 식이었다. 어느 장면들은 너무 선명하게 각인돼, 아주 먼 과거가 아닌 조금 전 우리가 겪었던 사건처럼 느껴지기도 했다.

특히, 어린 학창 시절에 관해 이야기할 때면 그랬다. 너무 순해서, 약간은 어리숙해 보이기까지 한. 아주 자연스럽게 진행되어온 터라 처음을 상상할 수 없게 된 과정처럼, 둘은 자신의 앳된 모습을 떠올릴 때면 어쩐지 조금 낯설고, 가엾게 그려졌다. 그리고 언제부터 우리의 얼굴이 지금의 모습을 가지게 된 걸까 문득 궁금해졌다. 그렇게 살았던 과거 위로, 어렴풋이 감각되는 과거가 언뜻 아른거렸다. 그 먼 발길 아래, 지루하지 않을 만큼 작고 어린 민주와 효진이 있었고, 둘은 그런 자신을 돌이켜보는 일에 주저하지 않았다. 그렇게 서로의 시간을 덧대다 보면 지금의 우리가 새삼스럽고, 뭔갈 잃어버린 듯한 아쉬움이 남았다.

"오니까 좋다."

효진이 속시원하다는 듯 말했다. 민주는 그런 효진을 멀거니 바라봤다.
"그지, 좋아."

볕은 따듯하고, 마음은 부풀다 수그러들기를 반복했다. 어느덧 민주와 효진은 갈대밭 가운데서 한가득 빛을 받고 있었다. 몸에 아늑한 온기가 올라왔고, 둘은 자신이 등진 풍경처럼 좌우로 적당히 쏠리며 하늘거렸다. 몸에 힘을 빼고 아무것도 하지 않으면서 그림자처럼. 마치 자연의 일부가 된 듯이.

 "가끔이라도, 한 번씩 오자, 우리."

 효진이 멋쩍게 웃으며 말했다. 홀가분한 소리로 꺼낸 얘기였지만, 말투 어딘가엔 잔잔한 체념이 깔려 있었다. 가만히 지켜보고 있던 민주가 나직하게 대답했다.

 "그러자, 우리. 다음에 꼭 어디든 가자."

 그렇게 대답하곤, 민주는 효진이 어설프게 웃는 장면 하나하나를 놓치지 않으려 필름 카메라를 꺼내 집중했다. 초점을 맞추고, 그 안을 들여다봤다. 상이 맺히며 잡힌 효진은 너무나 자그맣고, 그래서 사소해 보였고, 그럼에도 어설프게 웃으며 딴청을 피우는데 민주는 보는 내내 이상하게 마음 어딘가가 허물어지는 듯한 속상함을 느꼈다. 내 앞에 버젓이 서 있는 효진이 왜 이토록 작은지 의아했고, 이상하게 조금은 화가 났다. 금방이라도 울음이 터져 나올 것만 같았다.

 "효진아, 여기 봐봐."

민주가 가까스로 울음을 참고 불렀다. 효진이 그 작은 얼굴을 활짝 펼쳐 보이며 힘겹게 웃어 보였다. 민주는 그 순간을 놓치지 않고 찍었다. 찰칵, 하고 짧고 둔탁한 소리가 났다.

"민주야."
"응?"
"여기 봐."

민주는 자신이 찍던 필름 카메라를 내려놓고 효진을 바라봤다. 저 앞에서 자신을 향해 카메라를 들어 찍는 시늉을 해 보이는 효진이 보였다. 포즈를 취하란 뜻인가 싶어 엄지와 검지를 말아 작게 하트 모양을 그려보았으나, 효진은 고개를 저었다. 그런 의도가 아닌 모양이었다.

"우리, 서로 찍어주는 모습을 찍자."

민주가 망설임 없이 그러자며, 고개를 끄덕였다. 우리가 우리를 기억하는 모습을 기억할 수 있도록 찍어주자고. 이날, 이 순간을. 이 계절과 이 바람을. 우리가 지나온 길과 그 속에서 맞았던 풍경을. 어떤 마음을 담아내자고. 바람이 다시 불었고, 둘은 카메라에 눈을 맞대고 서로를 바라봤다. 각자의 초점 안에서 서로는 너무 작아 보였지만, 잊히길 두려워하지 않는 사람처럼 민주와 효진은 명백하게 서 있었다. 렌즈와 눈

사이 좁은 간격으론 수시로 빛이 와 들고, 눈이 부신 와중에도 서로 상대에게 집중했다.

"자, 찍는다."

효진이 말했다. 민주도 덩달아 그러라며 효진에게 신호를 보냈다. 셔터를 지그시 눌렀다. 찰칵, 하는 소리가 났다. 금방 잦아들긴 해도 둘은 힘껏 셔터를 누르며 몇 번을 더 담아냈다. 바람은 차게 불고, 둘은 여전히 한가롭게 흔들리면서 사진을 찍는데 마음속 응어리져 있던 무언가를 하나둘 게워내는 느낌을 받았다. 몸이 풀어지는 기분이었다.

"더 가까이 와."

민주가 한 발짝 다가서며 말했다. 바로 앞에 있으면서도 효진에게 멀리 있지 말라고, 이리 오라고 손짓했다. 가까이 있는데도, 좁혀지지 않는 어떤 거리감이 들어서였다. 금방이라도 사라질 사람처럼, 우리가 기어코 기억해낼 수 없는 어느 과거의 장면들처럼, 효진이 아득해 보였다. 민주가 재차 얘기했다.

"멀리 가지 마."

효진이 걸음을 슬며시 옮기며 끄덕였다. 그러곤 정면의 민주를 향해 카메라를 맞대 찍어주었다. 찰칵. 비록, 그 소리가 작아 들리지 않았지만 둘은 자신이 어떤 공간과 시간에 단단히 새겨져 있음을 깨달았다. 그리고 그 감각이 싫지 않았다. 도리어, 다행이라는 마음이 들었다. 알 수 없는 낙관과 괜찮아지리라는 예감이 꿈결처럼 아른댔다. 그러니까, 이 모든 게 당연하고 또 마땅한 일이라는 듯. 흐른 시간에 대해서, 조금은 얼룩진 어느 날에 관하여 전혀 걱정할 필요가 없다는 양. 그저 이 순간을, 다시는 못 볼 풍경이고 금방 잊혀질 장면을 이렇게 간직해 두는 것만으로도 조금씩 나아지고 있는 것처럼. 이날의 풍경이 오래 살아남아 다시금 이러한 순간을 쥐여주기를 바라면서.

3장

내 오랜 그늘

사진

     소풍을 가기 전날이면, 어머니는 늘 가방에 사진기를 넣어주었다. 네가 보고 온 풍경을, 있던 자리와 마주친 사람들, 함께한 시절을 통과하는 또래의 모습을 찍어두고 오란 뜻에서였다. 하지만, 나는 어딜 가건 사진기를 통 꺼내들지 않았다. 대체로 까먹을 때가 많았으나 굳이 남기고 싶은 마음도 없었다. 사진은 내게 큰 관심거리가 아니었다. 사진 말고도 흥밋거리는 많았다. 옷 고르듯 신중하게 담은 과자, 시시한 유머와 세기말 유행했던 미스테리한 괴담들. 하나같이 현실감 없는 이야기지만, 당시에는 철썩같이 믿고 자랐던 우스운 소문들 말이다. 그래서일까, 유년의 추억은 가끔 아이들의 입속을 오가며 불분명해진 출처처럼, 어디선가 풍문으로 전해들은 이야기인 양 느껴진다. 믿어도 좋고 안 믿어도 별수없는 농담같다.

     내가 시시하고 가벼운 이야기를 주워듣는 동안, 어머니는 위성처럼 내 주위를 맴돌며 사진을 찍어댔다. 어머니는 높은 구두를 신고도 계단을 잘만 뛰어다니는 사람이었으므로, 나는 어디서든 어머니가 들이민 렌즈에 속수무책으로 갇히는 수밖에 없었다. 빛이 터져 나올 때마다 내 눈은 별처럼 깜빡였다. 때문에, 한 장의 사진을 건지는 데에도 단단히 벽에 못을 치듯 여러 번의 셔터를 눌러야 했다. 내 주의를 끌기 위해 이름을 부르거나 거짓말을 하기도 하면서. 때로는 애원하듯, 혹은 흥정하듯이. 그러면 나는 어머니의 주문에 맞추어 포즈를 취하곤 어색한 웃음을 지어 보였다.

어머니는 금방 잊어도 좋을 사소한 순간까지도, 애타게 기다려왔다는 듯 사진으로 남겨두었다. 부주의한 아이에게 관심을 기울이는 부모처럼, 내가 지나온 시간의 흔적들을 꿰어 담았다. 그래서일까, 사진 속 내 모습은 어딘가 불만에 찬 표정을 하고 있을 때가 많았다. 고개를 반쯤 돌린 모습이 있는가 하면, 나도 모르는 사이 방심해 찍힌 사진들도 꽤 됐다. 영원히 살 줄 알았던 까닭에, 머리가 좀 커서부터는 사진기를 들면 몰래 숨는 일도 잦았다. 시간은 어김없이 흐르고, 추억은 좀처럼 쌓이지 않는다는 사실은 시간이 한참 흐른 뒤에야 깨달았다. 그래서일까, 사진을 꺼내 보는 일은 종종 후회를 복기하는 일처럼 여겨진다. 물론, 그 후회 속에는 부모의 말을 귀담아 듣지 않았던 자식으로서의 미안함도 들어있을 것이다.

사진을 한번 가만히 들여다본다. 마치, 잘 쓰여진 문장같다. 익히 아는 말들로 지어졌음에도, 전혀 들어본 적 없는 언어를 접했을 때처럼 낯선 기시감이 든다. 잠시 사진을 보며, 그 시절의 경험과 당대의 감촉을 어렴풋이 떠올려 보지만 잘 기억나지 않는다. 추억은 늘 희미한 실루엣으로 남아 있다. 사진으로 겨우 가늠할 수 있을 뿐이다. 잊어도 좋을 일들과 결코 잊어선 안 되는 순간들이 내 의지와는 상관없이 떠오르고, 시간은 액체처럼 스며들어 추억에 묻은 감정들을 희석시킨다. 누군가를 그토록 미워했던 마음과 몹시 부끄러웠던 기억 모두 물러져 가라앉는다. 오직 미약한 슬픔만이 반듯하게 남아 있다. 나는 그 슬픔이 의아해 오래 들여다보고, 글을 쓰고, 가끔 울기도 한다.

내게 새겨진 나의 시간이 있듯이, 내 부모 역시도 제가 살아온 과거가 있을 것이다. 나는 종종 내 부모에게도 젊은 시절 왕성하게 무르익은 청춘이 있었다는 사실을 금새 잊어버리곤 한다. 내가 무섭게 커가는 동안, 한 켠에선 기척없이 쪼그라들었을 세월의 나이, 그 시간의 더께가 엄연히 존재한다는 것이 낯설다. 부모의 과거란 대개 자식이 살아보지 못한 시간이고 내가 태어난 이래 부모는 줄곧 부모의 모습을 하고 있었으므로, 내게 부모의 청춘은 존재하지 않는 시절처럼 여겨지곤 했다. 다만, 살면서 으레 겪는 순간들. 특별하고도 일상적인 기념일 속에서 새삼 부모의 세월을 깨닫게 될 때면 문득 궁금해진다. 부모가 부모가 되기 전의. 나를 뺀 나머지의 시간. 그들의 삶에서 내가 존재하지 않았던 한창 때가.

언젠가 집 한구석에서 사진 한 장을 한참 지켜본 적이 있다. 아버지와 어머니가 연애하던 시절에 찍은 사진이었는데, 지금과는 달리 얼굴에 생기가 가득한 게 앳되 보였다. 사진 속에서 두 연인은 가을빛의 산자락을 등지고 수줍게 웃고 있었다. 왜 하필 산인가 의구심이 들지만, 산을 타러 왔음에도 한껏 꾸미고 온 두 젊은 연인을 보자니 크게 신경쓸 일인가 싶어진다. 어머니의 얼굴은 평소보다 짙은 색을 띠었고, 아버지는 쓰지 않던 선글라스와 두툼한 재킷을 걸쳤다. 한창 잘 보이고 싶어했을 때라, 아버지는 산에 오르면서도 멋이란 멋은 다 부리고 나온 모양이었다. 그렇게 만난 둘은 이런저런 얘기를 주고받으며 산에 올랐다고 한다.

말을 주로 건넨 것은 아버지였다. 당시, 어머니는 아버지에게 큰 관심이 없었다. 어머니는 결혼같은 건 하지 않겠다고, 마음을 먹은 차였던지라 아버지의 끊임없는 구애에도 내색 한번 하지 않았다. 반면, 아버지는 어머니가 마음에 들었다. 하지만, 잦은 구애와 추파에도 관심 한번을 주지 않던 어머니 때문에 늘 저 혼자 애를 먹어야 했다. 저 여자 혹시 선수가 아닐까, 내가 이렇게까지 해야 하나 싶은 마음이 들 때면 아버지는 며칠 동안 어머니를 찾아가지 않을 적도 많았다.

물론, 어머니는 그러한 아버지의 속마음 따위는 새까맣게 모르고 있었다. 어머니는 선수도 아니었고, 소위 말하는 '밀당'을 할 생각도 전혀 없었다. 어머니에게 아버지는 안중에도 없었을 뿐이었다. 그저 아버지만 하는 복수, 아버지만 아는 용서를 번갈으며 연애도, 썸도 아닌 이 무언가를 이어가고 있던 거였다. 수없이 고백을 해온 터라 미지근해져 버린 고백을 가장한 애원을 해가면서, 때로는 제 감정을 과장하고 어머니를 의심하기도 하면서 말이다.

아버지는 먼 길을 마다 않고 찾아가도 매번 심드렁하게 대꾸하는 어머니를 억척스럽게 따라다녔다고 한다. 그리고 어머니는 내쫓아도 득달같이 찾아오는 아버지의 고집을 꺾을 수 없어 그냥 만나줬다고. 가끔, 인생에서 찾아오는 사소한 불화나 위협하듯 삶을 통째로 쥐고 흔드는 가난, 몇 번의 사기와 실패를 겪을 때면, 어머니는 늘 이 순간을 결정적인 단서처럼 이야기하곤 한다. 결혼같은 건, 하지 않겠다고 다짐한 자신을 회유하고 어르며 달랬던 아버지의 고집 어린 고백과 다짐을. 어머니에게 장담했던, 그러나 대부분 지켜지지 못한 숱한 약속들을 열거하며 나무란다. 그러면, 아버지는 죄지은 사람의 얼굴로 맨바닥을 하염없이 바라보고, 어머니는 또 그 모습이 가여워 하는 수없이 운다. 이 풍경은 내게 새겨진 기억들 중 유독 오래 남는 장면이기도 하다.

아무튼, 다시 사진 속으로 돌아가 두 젊은 연인이 산을 오르는 동안 어머니는 통 반응이 없었다. 아버지가 쉴새없이 지저귀며 말을 붙여도 크게 내색하지 않았다. 그렇냐던가, 다행이다던가 하는 식이었다. 아버지는 성의없는 대답이 내키지 않으면서도, 어머니가 못 이긴 척 건네는 선의에 금새 마음이 누그러진다. 이제 아버지는 듣고 싶은 말을 들으려 관심을 유도하는 아이처럼 굴기 시작한다. 힘에 부친 어머니가 아버지의 손을 붙잡으며 고맙다고 말하자 아버지는 부러 못 들은 채 하기도 한다. 어머니는 고집은 있지만, 모진 사람은 아니었으므로 혹여 듣지 못했을까 봐 재차 되묻는다. 고마워요. 아버지는 구수한 사투리가 섞인 억양으로 능청맞게 답한다. 뭘요, 걱정 말아요. 어머니는 그런 아버지에게 전에 없던 호감을 느낀다. 이 사람, 제법 남자다운 구석이 있는 듯하다고. 사람이 착하니 남에게 피해는 끼치고 살 사람은 아닌 것 같다고. 어머니는 아버지가 베푸는 배려 아닌 배려, 선의 아닌 선의에 좋은 인상을 받는다. 그러다 문득, 자신이 어느 순간부터 아버지를 '괜찮은' 사람이라 여기고 있다는 사실에 놀란다. 그리고 생각한다. 이 남자, 실은 선수가 아닐까. 평소 예의 바른 사람처럼 보이긴 했는데, 그게 다 위선이고 거짓은 아니었을까. 평소 웃어른을 대하는 태도를 보면 그렇지는 않은 것 같던데. 어머니는 속으로 아버지를 심문하고, 또 변호하면서 어느샌가 아버지가 자신의 삶에 깊게 개입되어 있다는 것을 발견한다. 어쩌면, 그 순간 어머니는 아버지와 한번 살아보아도 괜찮겠다는 마음이 들었던 걸지도 몰랐다. 옷춤으로 땀을 닦아가며 바보처럼 웃는. 아무리 떼어놓으려 해도 살갑게 다가오는 이 사내라면, 적어도 외롭지는 않겠다 생각하면서.

고된 정이란 정은 다 들며 둘은 마저 산에 올랐다. 한 호흡, 한 걸음 산중턱에 오를 때마다 해는 고개 숙이며 한 뼘씩 저물었다. 그리고 적당한 허울과 예의를 차린 두 남녀는 이제 서로에 대한 이해와 오해를 쌓아가며 상대를 알아가기 시작한다. 저 사람은 웃을 때마다 미간이 좁혀지는구나, 저 이는 성글성글한 게 마음이 무른 거 같은데. 말과 행동 하나하나가 은밀한 신호처럼, 한 사람의 깊은 속내가 보내오는 타전처럼 읽힌다. 어머니는 자꾸만 능청을 부리는 아버지를 사랑에 서툰 능글능글한 사내로, 아버지는 자신의 재미없는 농담에도 곧잘 푸지게 웃어주는 어머니를 배려심 많고 속 깊은 여자로 기억한다. 그렇게 두 남녀는 서로를 조금 알 것도 같다는 착각에 빠진다. 우리가 흔하게 겪는 착각 중 하나이지만, 적어도 그 순간만큼은 예외라는 듯. 오직 둘만이 감각할 수 있는 사실적인 무언가가 있기라도 한 양.

아무튼, 어지저찌 산 정상에 다다르고 나선 둘은 한동안 말없이 주변을 훑었다. 발밑으로 건물과 건물, 길과 길이 얽히고설켜 장관을 이뤘다. 복잡하되, 정연한 도심의 이음매였다. 옷 사이로 슬쩍 드러나는 맨살처럼, 도심의 틈새마다 사람들이 비쳤다. 사람들은 분주하게 어딘가로 향하느라 다들 바빠 보인다. 그렇게 저들의 삶이, 각자의 이야기가 바쁘게 만들어지고 있는 동안, 아버지와 어머니의 마음속에도 서툴고 조급한 이야기가 이제 막 시작되려 한다. 아버지가 과장된 몸짓으로 기지개를 켠다. 그러곤 은밀하고 성근 동작으로 어머니의 손을 부여잡으려는 순간, 난데없는 기침처럼 바람이 분다. 산 정상에서 맞는 바람은 제법 쌀쌀하다. 바람이 훑고 지나간 뒤, 아버지가 몸을 한껏 움츠른다. 땀이 식으며 오한이 든 모양이다. 어머니가 그 모습을 보고 작게 웃는다. 아버지는 그 웃음을 다시 또 보고 싶어진다. 그때, 어머니가 말한다. 춥죠? 내려갈까요? 아버지가 고개를 저으며 괜찮다고 말한다. 하지만, 팔뚝이며 몸에 돋은 닭살이 민망할 정도로 선명하다.

　그렇게 아쉬움을 뒤로한 채 내려오는데, 저기 무언가 보인다. 다름 아닌 사진사다. '즉석사진'이라 쓰인 완장을 차곤, 낚시터 간이 의자에 앉아 꾸벅꾸벅 졸고 있다. 아버지가 어머니의 손을 부여잡곤, 손가락으로 사진사를 가리킨다. 웬 사진사인가 싶지만, 당시에는 야외 음악당이며, 유원지 등 가리지 않고 사진사가 한두 명쯤은 꼭 있었다고 한다. 특히, 관광을 온 시골 사람들에게 사진은 필수코스였을 정도라고. 하지만, 어머니는 손사레를 치며 아버지의 부탁을 거절했다. 땀에 젖어 너저분한 차림이며, 수척해진 몰골 때문에라도 사진을 찍기가 싫었기 때문이었다. 어머니는 당시를 떠올리며, '그때 이 양반이 얼마나 눈치가 없던지 애를 먹었다'고 했다. 그럼에도 불구하고, 끝내 사진을 찍고야 만 것은, 다리가 후들거려 좀처럼 서 있기도 힘든 와중에도 기어코 아버지와 함께 추억을 남기고자 한 이유는 바로 아버지의 안쓰러운 눈빛 때문이었다고. 저 사람의 빤히 보이는 심정이 고스란히 읽혀 차마 '싫다'는 소리가 입 밖으로 나오질 않았다는 거였다. 어머니는 아버지에게 자주 지는 사람이었다.

아버지와 어머니가 다소곳이 서 있다. 사진사가 자신만이 이리저리 태를 살피며 손짓한다. 왼쪽으로 한두 번 신호를 보내면 둘은 한 발짝 왼쪽으로, 고개를 당기라 하면 턱끝을 목에 대고, 또 가끔은 저린 다리를 손으로 주무르기도 하면서 경직된 자세로 렌즈를 빤히 응시한다. 하지만, 영 자연스럽지가 않다. 안 되겠다 싶은지 사진사가 주위를 한번 찬찬히 둘러본다. 덩달아 아버지도, 어머니도 고개를 두리번거린다. 잠시 후, 그가 말한다. 아, 저기가 좋겠네. 일로 좀 와 보세요.

사진사가 손으로 짚으며 구도를 잡는다. 무언가 살짝 부족하다. 잠시 고민하다 손을 나뭇가지에 얹어보시라 주문한다. 어머니가 튼 살갗처럼 푸석푸석한 나뭇가지 위에 손을 올린다. 아버지도 어머니를 따라 나뭇가지에 손을 걸친다. 어딘가 의아하지만, 전문가의 말에 순수히 따르기로 한다. 바람이 다시 한번 불고, 아버지는 추위에 소스라치게 놀란다. 어머니가 또 웃는다. 분위기가 한결 너그럽다. 사진사가 사진을 찍으려다 말고 다시, 렌즈에 눈을 떼고 큰소리로 외친다. 둘이 손을 좀 포개봐요. 무슨 담 넘으려는 도둑놈들 같아. 그 말에 아버지와 어머니가 빤히 서로를 쳐다본다. 이어, 아버지가 먼저 어머니의 손등 위로 천천히 손바닥을 얹으려는 순간, 땀 묻은 손바닥이 괜히 신경쓰인다. 바짓춤을 쥐었다 펴가며 손에 남은 땀을 마저 닦는다. 그리고, 어머니는 말이 없다. 어머니는 말이 없지만, 신경쓰이기는 마찬가지다.

그리하여, 산중턱에 위치한 젊은 두 남녀는 등산객들의 시선을 한 몸에 받으며 수줍게 손을 포개려 한다. 아버지의 손이 어머니에게로 향한다. 모두가 바라왔던 극적인 장면처럼, 고요하되 결정적인 순간처럼. 그 둘만이 아는 침묵, 고요가 주변의 분주함과는 상관없이 가득 들어 차 있다. 다시 한번 바람이 분다. 아버지가 잠시 몸을 움츠린다. 그 떨림이 어머니에게 고스란히 전해지며 가슴이 쉴 새 없이 두근거리기 시작한다. 어머니는 평소 자신의 감정을 잘 숨기는 사람이었으나 지금 이 순간만큼은 서툴다. 미세하게 떨리는 손이며, 경직된 눈매며 겉으로 다 표가 난다. 아버지는 이럴 때 자신이 용기내어 어머니의 손을 지긋이 잡아주어야 한다는 걸 본능적으로 알아차린다. 곧 아버지가 슬며시 어머니의 손을 감싼다. 차갑고, 따뜻한. 거칠고, 부드러운 서로의 체온이 자연스럽게 녹아든다. 저 멀리서 사진사가 무어라 거들지만 잘 들리지 않는다. 그저 습관적으로 몸을 움직이고 대꾸한다. 그렇게 한동안 서로를 빤히 쳐다본다. 차분하고 아늑하게. 아무 말도 하지 않고. 그렇지만, 그 어느 순간보다 가쁘고 소란스럽게. 잠시 후, 사진사가 손을 휘저으며 목청을 돋운다. 그제야, 어머니와 아버지는 화들짝 놀라 렌즈를 바라본다. 그리고, 찰칵. 두 사람의 떨림, 부끄러움같은 것은 모두 삭제된 채 이십 대 후반의 젊은 남녀만이 반듯하게 남는다.

이야기를 마친 아버지가 능청스럽게 너스레를 떤다. 자신이 얼마나 건강하고 훤칠한 사내였는지, 또 자신을 만나주지 않는 어머니를 쫓아다니느라 어찌나 애를 먹었는지 늘어놓는다. 나는 아버지에게서 이제는 거진 다 잊혀진 과거의 아버지를 본다. 내가 태어나기 이전. 지금의 내 나이 즈음 된 아버지의 이야기는 어쩐지 가슴 아프다. 내 또래의 아버지가 나를 닮은 모습을 하고, 누군가를 그토록 사랑한 적이 있다는 사실이 낯설고, 조금은 부끄럽기까지 하다. 사진 속 그들은 분명 아버지와 어머니의 모습을 하고 있지만, 부모의 얼굴은 아니어서 더 그런지도 모른다. 어느 시간은 잊히지 않는 표정처럼 불가능하고 불충분한 상태로 남아 있기도 하는데, 내게는 부모의 젊은 시절이 그렇다. 지금도 그 둘은 어디선가 여전히 부끄럼 많은 젊은 남녀로, 앳된 연인으로 남아 산을 오르고 손을 잡으며 입을 맞추고 있을 것만 같다. 지나간 시간, 그래서 잊혀진 시간이 아닌 분실물처럼 잠시 잃어버린 시간 같다. 까닭에 서른 중순 즈음 부모를 떠나보내고, 아들을 낳고, 사업에 실패한 아버지와는 전혀 다른 사진 속 젊고 건장한, 제법 사내다운 아버지를 마주할 때면, 나는 슬픈 예감을 지울 수가 없는 것이다.

당신의 자랑

　　나의 외할아버지는 고집이 아주 센 사람이었다. 외할머니는 그런 외할아버지를 보고 대쪽같은 양반이라 말했지만, 사람들은 아집만 남은 노인네라고 수군거렸다. 옳고 그름을 떠나, 해야 하는 일은 반드시 해야만 직성이 풀렸고, 내키지 않은 일은 거들떠 보지도 않았다. 말하자면, 외할아버지는 제 인생을 두 손으로 꽉 쥔 채 온몸으로 자기 것임을 주장하는 사람이었다. 이 좁은 시골 촌구석에서 외할아버지를 속이려 드는 사람도 없을 뿐더러, 불같은 성격에 다들 기피하는 눈치였음에도 말이다. 나는 외할아버지의 저 엄격함이 겁났고, 가끔은 서러웠으며, 종종 서글펐다. 기력이 노쇠해 자주 않는 사람이, 그럼에도 불구하고 안간힘 쓰듯 역정을 내셨을 때 그 모습은 내게 결정적인 단서처럼 또렷히 기억에 남아 있다. 뭐라고 해야 할까. 삶의 비극적인 단면을 보는 기분이 들어서였다.

　　외할아버지는 수십 년간 가위를 손에 놓지 않으셨다. 근방 사내들의 머리를 거진 다 손보셨다고 해도 틀린 말은 아닐 것이다. 물론, 외할아버지와 잦은 말싸움을 벌이던 노인분도 예외는 아니었다. 어쩌면, 외할아버지의 의기양양함은 이 작은 동네에 유일한 이발소가 하나뿐이라는 점, 그렇기에 남정네라면 누구든 자신에게 머리를 맡겨야만 한다는 자부심 때문일지도 몰랐다. 동네에 이발소가 단 한 곳뿐이라는 사실을 제외하더라도, 외할아버지는 꽤나 솜씨가 좋은 편이었다. 부모가 자식을 낳고 자식이 부모님의 피를 이어받듯, 내 어머니의 손재주의 기원을 따져본다고 한다면, 아마 외할아버지로부터 물려받은 게 아니었을까 싶다.

외할아버지는 평소 사납고 억센 사람이었지만, 가위질을 할 때면 누구보다 성실하고 세심해졌다. 가위를 붙든 거칠고 두툼한 손은 믿음직한 구석이 있었다. 외할아버지의 가위질은 가벼웠다. 낭비가 없었고, 제 손처럼 능숙하게 다뤘다. 남들이 다 끄덕이는 순간에도 고개를 한번 갸웃해 유심히 볼 줄 알았고, 총체적인 머리 상태를 파악하곤 평소의 습관을 유추할 줄도 알았다. 더불어, 사소한 차이가 얼마나 큰 다름을 만들어내는지, 사람 머리가 인상을 어떻게 변화시키는지도. 외할아버지는 일에 집중하기 시작할 적이면, 평소와 다르게 한결 누그러진 표정을 지으시곤 했다. 입은 힘껏 오므리고, 눈에 힘을 뺀 채 지그시 시선을 맞췄다. 나는 그런 외할아버지의 가위질을 훔쳐보며 한 가지 일을 오랫동안 해온 사람 특유의 달관한 듯한 태도가, 미세한 차이를 볼 줄 아는 안목이, 그 사람을 얼마나 기품있게 만드는가 새삼 깨닫곤 했다.

가게는 단 한 번의 호황도, 불황도 없었다. 작은 가게가 으레 그렇듯 아는 한에서 손님을 받았고, 힘이 닿는 대로 머리를 손봤다. 점심 시간 즈음 되서야 문을 여었고, 밥 짓는 냄새가 풍길 적이면 문을 닫았다. 가게를 늦게 열었다고 나무라는 사람도, 이르게 닫는다고 따지는 이도 없었다. 그럼에도 가게는 늘 손님으로 북적였다. 둘러앉아 한적하게 담소를 나눌 법한 공간이 마땅하게 없던 탓이었다. 까닭에 나는 이발소에서 온갖 인간군상의 극을 보았다. 그러니까, 누군가의 서러움, 누군가의 한숨, 누군가의 피로와 후회가 섞인 사연들이 이발소 소음과 함께 나뒹굴었다. 아주 큰 액수로 계를 돌렸는데 그중 한 사람이 곗돈을 들고 돌연 잠적해 버렸다던가, 얼굴을 익히 아는 동네 사람 간에 풍문처럼 번지던 늦바람, 하루가 멀다 하고 부쩍 말라가는 것이 아무래도 심상치 않다는 식의 이야기들. 나는 그 속에서 불가피하게 일어나는 삶의 다양한 국면들을 어렴풋이 엿볼 수 있었다. 비록 온전히 알아들을 수는 없을지라도, 살아가며 우리가 할 수 있는 일은 그다지 많지 않다는 것. 그럼에도 불구하고 우리는 결국 삶을 받아들여야 한다는 것의 쓸쓸함을 조금 깨우쳤던 것 같다.

외풍처럼 가게 안을 수시로 드나들던 사연들, 바깥 바람이 맨살에 닿듯 소스라치게 놀라던 사람들의 표정. 이해되지 않으나 기우는 마음, 납득은 해도 용납되진 않는 순간. 말해서 무얼하나 싶은 이야기지만 결국엔 하게 되는 이야기들. 해야만 하는 말들. 그곳에서 외할아버지는 일방적으로 동네 사람들의 추문과 소문을 들어가며 묵묵히 머리를 손봤다. 가위를 손에 든 외할아버지는 유독 말수가 적었다. 평소 과묵한 사람도 아니었는데, 그랬다. 주의를 기울이느라 신경쓸 겨를이 없었다던가, 남 일에 관심이 적은 편도 아니었다. 다만, 어떤 조언이나 충고를, 거드는 말의 실체를 조금 미덥게 받아들인 건 아니었을까 싶다. 사람들이 다 가고 난 뒤면, 외할아버지는 늘 혼잣말로 이렇게 말씀하시곤 했으니까. 그런 말 해봐야 다 소용없는 짓이지, 결국 모든 일은 다 자기 몫이지.

이발소가 기울기 시작한 건, 내가 제법 번듯한 사내의 꼴을 갖출 무렵이었다. 더불어 근방에 젊은 부부가 늘고, 고층 상가 건물이 들어서며, 신축 아파트 단지가 생겨날 즈음이었다. 이발소의 사정은 예전같지 않았다. 진한 사람 냄새를 풍기던 북적임도, 가게 안을 가득 메우던 말소리도 거진 사라졌다. 나는 허기에 찬 이발소를 보곤 그만 놀랐던 적이 있었다. 이곳이 그곳이 맞나 싶기도 했고, 시종일관 든든하게 걸치고 있던 외할아버지의 의기양양함이 눈에 띄게 줄어들어서였다. 한 가지 일로 생계를 꾸려온 사람의 고집은 여전했지만, 더이상 자부심은 없어보였다. 나는 텅 빈 동공처럼 황량한 이발소가 왜인지 부자연스러웠다. 동네 시내에서 우연히 아버지를 마주쳤을 때처럼 그랬다. 벽면 선반에 놓인 손질 가위, 찬물이 가득 담긴 세면대, 곳곳에 이가 나간 타일바닥. 내부의 모습은 비슷했지만, 그곳은 더이상 내가 알던 이발소의 풍경이 아니었다.

이발소의 기세가 저물자 외할아버지는 밖을 잘 나서지 않았다. 주로 집에만 계실 적이 잦았다. 일손이 준 가게의 처지를 남사스럽게 받아들이는 모양이었다. 자신의 자랑이 일순 초라해져 덩달아 삶의 덩치까지 줄어든 듯했다. 그것은 누구의 잘못도 아니었고, 어쩌면 당연하기까지 한 수순이었다. 본적 없던 프랜차이즈 식당이며, 다방이 아닌 카페, 심지어 대형 마트까지 들어선 마당에 이발소라고 예외는 아니었을 것이다. 올곧던 외할아버지의 몸이 점차 야위기 시작한 것은 그때부터였다. 이발소의 입지가 좁아지듯, 외할아버지의 몸은 하루가 다르게 말라갔다. 외할아버지에게 이발소는 단순히 한 가계의 경제적 보루를 넘어 삶의 버팀목이었을지도 몰랐다. 하나의 이야기가 맺어지고 시작되는 문단의 단락처럼, 펄펄 날아다니던 외할아버지는 그 순간 자신의 삶이 전혀 다른 국면으로 접어들었음을 깨달았던 걸까.

결국 이발소는 문을 닫았다. 오는 손님은 자꾸만 줄고, 주변 상권에 낯선 가게들이 무섭게 늘어나자 내린 결론이었다. 당시 외할아버지는 그 상황을 담담하게 받아들였다. 그래도 마지막인데, 아쉽지 않느냐는 물음에 그게 별일이냐고만 말씀하셨던 기억이 난다. 외할아버지는 늘 그런 식이었다. 결정적인 삶의 마디에서 매번 소극적으로 굴었다. 살면서 으레 겪는 크고 작은 일들, 때로는 슬프고 드물게 기쁜 순간조차 무신경하게 반응했다. 나는 그것을 줄곧 외할아버지가 감정 표현에 서툴고, 일희일비에 내색하는 걸 부끄럽게 여기는 성품 탓이라고 생각했다. 하지만, 그것은 오해였다. 외할아버지는 영 싱거운 성격의 사람도, 주변 일에 둔한 사람도 아니었다.

"궁상맞게 그럴 필요가 있냐는 거야. 어떤 일인들 서운한 적이 없었겠어. 속상하지, 나라고 다르겠니."

언젠가 외할아버지는 그날의 일을 쓸쓸히 고백했다. 그렇다면, 외할아버지를 그토록 무감각하게 만든 건 무엇이었을까. 어김없이 지나가는 시간일까, 혹은 숱한 삶의 반복에서 느끼는 지겨움일까. 나는 잘 모르겠다. 나이를 먹는다는 건, 사랑하는 무엇들과 끊임없이 이별하는 일이기도 하니까. 되돌릴 수 없는 미련으로, 오랜 시간이 흐른 뒤 겨우 희미해지는 마음으로. 그러자 이제껏 내가 보아온 외할아버지의 미온적인 자세가 사뭇 달리 보였다. 외할아버지의 무감한 태도는 자신을 방치하고 지나가는 시간 앞에 때로는 저항하고, 결국엔 수긍하며 터득한 삶의 방식이었을 거란 생각이었다. 시간은 끊임없이 현재를 되새기고, 우리는 하루도 빠짐없이 늙는다. 그러니 나이가 든다는 건, 물살에 밀려 중심으로부터 멀어지듯 시간에 몸을 맡기는 것일지도 모른다. 시간이 삶을 휩쓸 때 버티지 않고, 몸을 띄우는 것이 삶의 요령일 테고. 삶을 지탱하는 힘은 본질적으로 중력이 아닌 부력에 가깝다는 생각을 한다.

외할아버지는 요즘 근방을 쏘다니느라 분주하다. 지리를 새로이 익히려는 것이다. 처음엔 길을 자주 잊어 동네 한 바퀴를 도는 데에 한 시간 남짓 걸렸다지만, 이제는 그렇지 않다. 제법 눈에 익은 탓이다. 물론, 처음엔 이렇게까지 해야 하나 싶은 마음도 있었다. 평소보다 산책을 마치고 돌아오는 시간이 길어질 때면, 근처까지 마중을 갔던 적이 한두 번이 아니었다. 혹여 길을 잃었을까 하는 우려심에서였다. 그럼에도 외할아버지를 매번 집밖을 나서게 한 것은 견디기 힘든 고립감이었을 것이다. 어쩌면, 그것은 공간이 아닌 시간적 소외감이었을까.

"이제는 내 자리가 아닌 것 같아."

그래서 외할아버지는 허문 이발소 터를 보시곤 그렇게 말했던가. 길을 자주 잊는 버릇도, 익숙한 장소에서 느끼는 이질감도, 적어도 지금의 외할아버지에게는 모두 낯선 경험일 테니. 어떤 기억은 과거를 담보로 현재를 지치게 만든다. 예전에는 현재가 어김없이 과거가 되고야 만다는 사실을 받아들이기 힘들었다지만, 살아가며 현재로부터 과거의 흔적을 찾아볼 수 없다는 것이 더 곤혹스럽다. 시간의 지독한 불가항력은 이처럼 부당하고 자연스럽다. 결국 모든 시간은 지난 과거가 된다고. 너의 시간도, 나의 시간도 별반 다르지 않다고. 어느 때는 그 사실만이 유일한 위로가 된다.

세상의 마지막 말이 농담이라면

날은 여전히 비슷한 날이고, 바람은 늘 같은 세기로 불어왔다. 우리는 평소보다 말을 아끼며, 점점 더 지루해져만 가는 바깥 풍경을 바라봤다. 창밖으론 수평선이 길게 이어졌다. 끝도 없이 펼쳐진 도로 위, 바람은 차고 도로는 한적했다. 차 안에선 메케한 가죽 냄새가 났다. 오랜 시간 우리를 제외하곤 지나다니는 차는 한 대도 나타나지 않았다. 때문에, 도로 위론 단 한 개의 그림자도 찾아볼 수 없었다. 그 사실이 우리를 조금 외롭게 만들었다. 바다를 보러 가는 길이었다.

"이렇게 늦은 시간에 가서 도대체 뭘 보겠다고."

그날 아버지는 무엇에 홀린 사람마냥 내게 바다를 보러 가자고 했다. 해가 저물 즈음의 늦은 오후였는데, 나는 무슨 일인가 싶어 아버지의 얼굴을 빤히 바라본 기억이 난다. 굳이 왜 가야 하는 거냐고 따져 묻진 않았다. 그즈음 아버지는 무슨 일을 벌여도 이상하지 않았으니까.

운전하는 내내 아버지는 이따금씩 생사를 확인하듯 농담을 던졌다. 적당한 화제를 가져와 대화에 불을 지피고, 어떤 살가움을 만들어내려 애썼다. 화제는 주로 내 어렸을 적 얘기라든가, 내가 미처 살아보지도 못한 시절에 관한 이야기였다. 그래서일까 농담의 저변에는 늘 과장과 거짓이 깔려 있었는데, 그럼에도 나는 그것을 따지거나 비웃어 넘긴 적이 없었다. 원래 기억이란 수없는 오해로 포장된 진실이기도 하니까. 단지, 아버지는 허풍이 갖는 특유의 가벼움으로 내게 어떤 진심을 전하고자 하는 건 아니었을까. 내가 끝내 온전히 이해할 수 없을지라도, 어떻게든 내게 어떤 진심 같은 것을 쥐여주고 싶어 했던 걸지도 몰랐다.

아버지는 내가 얼마나 어렸는지에 관해서, 또 자신이 얼마나 젊고 건강했는지에 대하여 신나게 설명했다. 나는 아버지가 심심치 않도록 적당한 호기심을 내비치며 귀를 기울였다. 아버지의 목소리에선 적잖은 기대가 묻어나왔다. 무엇보다 이 이야기가 다름 아닌 네 이야기라는 것을 알려주고 싶어 하는 눈치였다. 하여, 나는 아버지에게 이런저런 말을 붙여가며 자꾸만 무언갈 물어 버릇했다. 무엇이라도 일단 말을 트고 나면 기분이 나아졌다. 영 싱거운 말조차 그 순간에는 말의 잔

향이 오래 남았다. 아버지도 처음엔 으레 하는 말이겠거니 건성으로 듣다가도, 거듭 대화가 반복되자 퍽 의지가 된 모양이었다. 아버지는 실없는 말들을 내게 곧잘 늘어놓기 시작했다. 특별할 것 없고, 별 볼 일 없는 말이라 해도 그러한 말들은 이상하게 가슴에 오래 남았다. 쉬이 가라앉지 않고 마음에 잔물결을 일으켰다.

통 무얼 먹은 게 없어 그런가 목에선 쉿소리가 났다. 허기가 선명해지자 말수도 빠르게 줄어들었다. 오랜 시간을 달려왔으니, 충분히 그럴 만했다. 한 자세로 오랜 시간 굳어 있어서인지 아버지는 자주 한 손을 들어 기지개를 켰다. 나는 차 안 공기가 텁텁해질 때면, 창을 열어 가슴이 시릴 정도로 숨을 골랐다. 그렇게 올이 풀리듯 입김이 공기 중으로 아득하게 흩어지는 걸 바라보며 수시로 변하는 어둠의 농도랄까, 조금 더 짙고, 조금 더 검게 바뀌어 가는 계절의 낯빛을 망연히 지켜봤다. 주위는 급속도로 어두워지고 있었다. 날이 평소보다 배는 빨리 저물었다. 때문에, 아버지와 나는 어둠이 지상 위로 가라앉는 모습을 대책 없이 바라봐야만 했다.

"가는 길에 휴게소라도 들러 우동이라도 먹는 게 어때요."

몸에 얹힌 피로도 풀 겸, 잠시 쉬었다가 가자는 뜻에서 꺼낸 말이었다. 아버지가 정면에 시선을 집중한 채 대꾸했다.

"그냥 가자."

이어서 아버지가 이해를 할 수 없다는 듯 말했다.

"바다를 보러 가는데, 굳이 휴게소에서 배를 채워야겠냐."

한 저녁의 바다는 한산했다. 짓다 만 건물처럼 황량해 보였다. 빛이 잘 들지 않아 바다의 모습은 비치지 않았다. 주위엔 온통 선명한 어둠밖에 없었다. 파도가 일렁일 때마다 바다의 윤곽이 희미하게 드러났다. 아버지는 개의치 않다는 듯, 백사장 한복판에 눌러앉아 바다를 지그시 바라봤다. 나는 수시로 몸을 부르르 떨었다. 맨살에 닿는 바람이 차가웠기 때문이었다. 차 안 공기가 텁텁해질 때면, 꺼내먹듯 창을 열어 쐤던 바람과는 확실히 달랐다. 어둠은 여름의 초록처럼 무성했고, 도저히 끝날 기미가 보이지 않았다. 그러자, 문득 까맣게 잊고 있던, 그러나 무척 단순하고도 명백한 의문 한 가지가 떠올랐다. 아버지는 도대체 왜 이곳에 온 것일까. 바다를 왜 보고 싶어 했던 걸까.

"요새 별일은 없냐."

아버지가 대뜸 내게 안부를 물어왔다. 나는 그 말이 약간 겸연쩍어 '없다'고 대답했다. 그러곤 아버지의 답을 받아 그

대로, 몸은 괜찮은지, 요새 힘든 일은 없는지를 물었다. 우리는 서로 괜찮고, 별일 없다는 식으로 둘러댔다. 사이가 사이니만큼, 실은 별 내색을 하지 않아도 짚이는 구석이 있었지만, 우리는 자세히 묻지 않았다. 아버지는 가볍게 흘리는 농담처럼 '이 나이에 별일은 죽는 일밖엔 없다'고 천연덕스럽게 반응할 뿐이었다. 그러곤 마지막으로 나지막이 덧붙였다.

"믿는다."

무얼 뜻하는지 잘은 모르겠으나, 하여튼 '믿는다'는 소릴 아버지는 사뭇 진지하게 털어놨다. 아버지는 평소 '믿는다'는 말을 잘 하는 편이었다.

정말, 아버지는 잘 믿었다. 하지만, 그 믿음은 진짜로 무언가를 확신하듯 소신껏 믿는 것과 부류가 좀 달랐다. 소명으로 믿는다기보다 속 편한 대로 속아주는. 책임감이 제거된 의심 없는 믿음에 가깝달까. 대학 졸업 무렵 때도 그랬다. 아버지는 나를 믿는다고 했다. 때문에, 사회적인 표준에 눈치를 보고 내 속도에 조바심이 날 동안. 이후에도 쭉 별다른 소식이 없어, 지극히 합당한 평균으로부터 점점 더 낙오될 동안. 나는 내가 지쳐가는 만큼 아버지를 안심시켜야 하지 않을까 생각했다. 나는 서너 곳에서 받은 면접비로 작은 향수를 아버지에게 선물했다. 그때도, 아버지는 내게 '믿는다'라고 말했다.

123

몇 번의 낙방이 익숙할 즈음에도. 서로 '괜찮아'지리라는 말을 더 이상 섣불리 꺼내지 못하게 될 즈음에도, 아버지는 어김없이 '믿기'를 잘했다. 정말 '믿는' 것 외엔 어찌할 도리가 없을 때까지 아버지는 믿었다. 그러한 믿음은 비단, 내게만 국한된 것이 아니었다. 이런저런 소문이나 유행들도 곧잘 믿고 따르는 편이었다. 그러니 아버지가, 어머니가 차려주는 밥을 뻔뻔하게 잘 삼키면서 집을 말아먹던 것도 어쩌면 당연한 일이었다.

그러니까, 아버지가 부족한 살림을 어떻게든 펴보겠다고 나설 무렵. 아버지는 누군가 귀띔으로 건넨 소문을 곧이곧대로 믿고는 부리나케 사업을 벌이기 시작했다. 먼 시 외곽에, 각종 특장차를 생산하는 상용차 전문 공장이 들어선다는 것이었는데, 아버지는 연고도 없으면서 무작정 독립하여 정착했다. 아버지가 벌인 사업은 다름 아닌 차 선팅이었다. 정확히 말하자면, 차 유리에 필름을 씌우는 일이었다. 아버지의 요지는 이랬다. 공장이 들어서고, 젊은 사람들이 돈을 벌러 오면 가장 필요한 게 무엇이겠냐는 거였다. 아버지는 그것이 바로 차라고 설명했다. 이렇게 부지가 넓은 오지에선, 당연히 차가 필수적이라고. 또 차를 사면, 새 휴대폰에 액정 보호필름을 씌우듯 당연히 선팅을 하게 되어 있다고 말이다. 그렇게 아버지는 세상 모든 사람들이 타고 다니는 차를. 일종의 기본 소양으로서 세상 사람들이 다 아는 만큼만 차에 관해 알아 놓고 가게를 차렸다. 물건을 떼다 팔고 아는 한에서 손도 좀 보긴 했지만, 그게 다였다. 아버지는 집에서 도배 한번을 안 해본 사람이었다. 한 마디로 변변한 기술 하나 없으면서 무작정 가게를 차린 셈이었다. 결국 아버지는, 직원 한 분을 데려다놔 시원찮은 돈벌이에도 꼬박꼬박 월급을 줘가며 가게를 유지해야 했다.

어머니는 주기적으로 아버지의 밥거리와 살림을 돌보러 그 먼 곳을 마다하지 않고 찾아갔다. 아버지는 자신만 믿으라고 했다. 그리고 어머니는 그런 아버지의 무능을 잘 '믿어'주는 유일한 사람이었다. 그건 무작정 일을 벌여 놓은 아버지에게, 어머니가 할 수 있는 최선의 배려이자, 속 편한 믿음이었다. 아버지는 매일같이 죄를 지은 사람처럼, 어머니의 밥거리를 받아먹었다. 여전한 건 늘 여전하니까. 날은 늘 같은 날이고, 때문에 식욕은 줄어도 배는 늘 고파야 했으니까. 어쩌면, 평생을 가도 펴지지 않았던 우리의 형편이 역시, 이러한 여전함의 한 부류에 속해 있던 건 아니었을까. 아버지에게 변변한 재주가 없던 것도. 듣는 소문에 곧잘 현혹되는 일도 만성적으로 한결같아 온 일종의 습관이었으니까. 우리는 늘 여전하고, 세상의 유행은 한 번도 그러한 우리를 편들어주지 않았으니까. 아버지는 나아질 기미가 보이지 않는 상황에서도 밥만 잘 먹었다. 하루종일 심심한 손과 달리 입에는 괜한 식욕이 더 붙었다. 아버지는 어머니의 찬 통을 모조리 비워 돌려

보냈다. 어머니는 비워진 찬 통을 볼 때마다 심경이 복잡해지는 모양이었다. 나이 든 양반이 돈 좀 벌어보겠다고 빠득거리는 몸짓이 가여운 듯싶었다. 그러다 어느 새부턴가, 아버지는 꼬박 찬거리를 비워 돌려보내지 않았다. 처음, 어머니는 아버지 몸 걱정을 했다. 이 사람이 기운이 없어서 입맛을 잃었나. 타지에서 혼자 끼니도 거르고 있을 모습에, 어느 땐 소리 없이 울기까지 했다. 큰 보온 용기를 사 와 삶은 닭을 통째로 아버지께 부친 일도 그즈음이었다. 아버지는 음식에 손을 대다가 말다가를 반복했다. 아버지는 식욕이 준 만큼, 말수도 점차 줄어들어 갔다. 얼마 지나지 않아, 우리는 아버지가 돌려보낸 찬거리가 아버지의 몸이 보내는 신호가 아니라는 것을 알 수 있었다. 결국 아버지는 사업을 접었다. 2년도 채 안 돼서였다.

그 후로, 아버지는 다시 일어나지 못했다. 대신, 어설픈 눈치가 늘었다. 어떤 사회의 기류에 편승하려는, 그 기회를 잡고 또 놓지 않으려는 악착이 생겼달까. 아버지는 유행에 민감하게 반응했다. 하지만, 그 유행은 남이 다들 하는 유행이었고, 아버지가 늘 그렇듯 속아오고 배신당한 유행이었다. 스몰비어 집이라던가, 각종 안주가 저렴한 술집을 차렸을 때도 결과는 마찬가지였다. 빚은 성실하게 늘고, 아버지는 거짓말처럼 빠르게 망해갔다. 그리고 그 보폭에 맞춰 서서히 삶에 애착이란 걸 잃어버리기 시작했다. 그에 비해, 어머니는 놀랍도록 생의 의지를 불태웠는데, 물론 그것은 활력적이고 자발적인 다른 의지들과는 조금 달랐다. 무기력하고, 부득이한 의지였다. 다행히도, 어머니에겐 아버지가 갖지 못한 재주가 있어 그 의지는 나름의 제 역할을 잘 해줬다. 판도를 뒤집을 만한 것은 못됐으나 적어도 악화가 되는 것만은 막아줬다. 우리는 어머니가 가까스로 찾아낸 의지의 불씨에 둘러앉아 안도의 숨을 쉴 수 있었다. 아버지 역시 불씨가 꺼지지 않도록 최대한 주의하며, 눈치를 살폈다. 아버지에게 있어, 어머니의 의욕적인 모습은 다른 증오나 비난보다 효과적이었다. 아버지는 더 이상 일을 벌이지 않았다. 하물며, 언제부턴가 밖을 나서는 일도 드물었다. 아버지는 삶에 의욕이 준 만큼, 딱 그 정도의 너비만큼 삶의 반경도 덩달아 줄어든 것 같았다. 해서, 아버지가 그날 내게 바다를 보러 가지 않겠느냐고 물었을 때, 그것이 퍽 의미심장한 결의처럼 느껴졌던 건 그 때문이었다.

초저녁의 바다는 음산했다. 아버지는 옆에서 종종 가볍게 몸을 떨었다. 몸에 땐 열기가 사그라들자, 더 큰 추위가 찾아오는 모양이었다. 나는 내 외투를 벗어 아버지 가슴께에 덮어주었다. 아버지는 고맙다는 말도, 괜찮다는 말도 하지 않았다. 제지의 시늉이나, 별다른 거절의 의사 표현도 없었다. 입에선 연거푸 허연 김이 피다 지기를 번갈았다. 아버지는 왜 바다를 보고 싶어 했던 것일까. 나는 속으로 이런 질문들을 꼭 쥔 채, 가만히 아버지의 숨소리를 가만히 주워듣기만 했다. 이 추위에도 올이 풀린 듯한 호흡 소릴 듣자니 밀린 졸음이 쏟아졌다. 숨결의 박자감은 부드러웠다. 사방은 죽은 듯이 조용했다. 그리고 아버지는 그 침묵을 깨려는 듯, 철 지난 유행가를 흥얼거렸다. 아마 조관우의 '늪'이었던 걸로 기억한다. 가사는 하나같이 진솔하고 서정적이었다. 직접적이면서 동시에 은유적이었고, 단순하면서도 마냥 유치하지 않았다. 한 소절 한 소절 부를 때마다 숨은 형태를 잃으며, 제 몸을 버리며 금방 사라졌다. 딛고 있는 세계는 반쯤 가려져 아무것도 보이지 않았고, 내몰린 아버지의 노랫말은 조각조각 바스러지며 까마득히 멀어졌다. 숨죽여 듣고 있자니 왜인지 눈물이 날 것 같았다. 견뎌야 할 밤은 아직 오래 남아 있었다.

"아버지."

나는 아버지를 불러 놓곤 쉽게 말을 떼지 못했다. 한동안 서로 긴 정적만 삼켰다. 나는 속으로 물으려 했던 질문들을 곰곰이 되뇄다. 그러다, 결국 끝내 묻지 못했다. 낯부끄럽다거나 민망해서는 아니었다. 다만, 지금 아버지에게 보다 좋은 말을 쥐여주는 것이 좋겠다고 생각해서였다. 나는 아버지에게 노래가 듣기 좋다며 실없는 소릴 했다. 아버지는 말이 없었다. 대신, 잠시 뜸을 들이다 이만 돌아가는 게 어떻겠냐고 물었다. 어쩌면, 아버지는 바다를 보러 온 것이 아닐지도 모른다는 생각이 들었다.

그리하여, 유구하고 피로한 밤. 눈에 잘 비치지 않는 바다를 겨우 감상하곤, 이윽고 다시 시동을 걸었다. 되돌아가는 동안, 우리는 농담 대신 한 저녁 라디오의 우스운 사연들을 경청했다. 주파수가 잘 맞지 않는 라디오에선 수시로 잡음이 섞여 들려왔다. 낡고 허름한 소리를 듣고 있자니, 우리가 어디로부터 멀리 떠나온 것이 아니라 겨우 살아남아 남겨진 사람처럼 느껴졌다. 세상의 마지막 농담을 듣는 기분이었다.

　집에 막 도착했을 무렵, 시간은 이미 저녁의 한창때를 넘긴 뒤였다. 마침, 어머니는 우동으로 늦은 끼니를 때우고 있었다. 누구도 묻지 않았지만, 아버지는 주눅 든 얼굴로 바람 좀 쐬고 왔다며 둘러댔다. 어머니는 아버지의 변명을 가만히 듣기만 했다. 그저 아버지 옷깃에 묻은 모래를 털어줄 뿐이었다. 재킷을 가볍게 두드릴 때마다 옅은 바닷내가 났다. 그날 밤, 아버지는 쉬이 잠에 들지 못하고 오랜 시간 몸을 뒤척였다. 문틈으로 그 소리를 들을 수 있었다. 나는 아버지의 불면이 길어질수록, 함께 바다를 보러 간 일이 참 다행이라고 생각했다. 바다가 아니었다면, 그날, 그 밤이 아버지에게 무척 어려웠을 거란 마음 때문이었다.

할머니와 민박집

밀레니엄이라는 말은 지나치게 과장되어 보였고, 그래서 실감이 나지 않았다. 마치, 의심쩍은 미신이나 소문처럼 들렸다. 하지만, 어감이 주는 낯선 감각과는 별개로 사람들의 입에 자주 오르내렸다. 이제 말을 배운 아이가 단어를 입에 사탕처럼 넣고 다니듯, 사람들은 밀레니엄이라는 말을 낭비하고 다녔다. 몇몇은 이들은 그 말 뒤에 가려진 불명확한 미래와 희망을 엿봤다. 믿고 싶고, 믿어야만 하는 진실처럼 새 시대에 기대를 품었다.

애석하게도, 우리 집의 형편이 차츰 어려워지기 시작한 건 바로 그즈음이었다. 우리는 밀레니엄으로부터 기대와 희망 대신 불길함을 엿봤다. 아버지는 집에서 주로 잠을 잤고, 나는 말수가 점차 줄어갔다. 집 안에는 이제껏 경험해보지 못한 불안의 낌새가 짙게 흩어져 있었다. 어머니는 가끔 부엌에서 혼자 울다가도, 신문을 붙들곤 어디론가 전화를 걸어 버릇했다. 어머니는 평소 생활력이 강한 편이었다. 가난을 알고, 가난을 경계했으며, 가난이 제 삶을 무방비하게 망쳐놓는 걸 용납하지 않았다. 면박과 용서를 번갈아 하는, 가난을 경계하고 적당한 허영을 즐기는, 어머니는 그런 사람이었다.

일거리를 손에 붙들 무렵, 어머니는 서서히 삶의 규격을 최소한으로 좁혀 나갔다. 그러한 삶의 목록에는 나도 포함되어 있었다. 돌볼 겨를이 없었기 때문이었다. 어머니는 할머니 댁에 나를 맡기러 먼 길을 달리는 동안 쉬지 않고 울었다. 그렇게 퉁퉁 부은 눈은 작별을 하는 순간까지도 부기가 빠지지 않았다. 그리고 그것은 나도 마찬가지였다. 한동안 나는 마루에 덩그러니 앉아 종일 울어댔다. 서러움에 복받쳐서 울음을 쏟아냈다. 울음은 이 적막하고 따분한 동네에서 활력을 가진 유일한 소리였다. 그래선지, 어르거나 말리는 사람이 아무도 없었다. 할머니 역시 별다른 반응을 보이지 않았다. 가만히 듣고 있다, 밥을 차려 떠먹이고 발가벗겨 몸을 씻겨줄 뿐이었다. 하루 이틀을 실컷 울던 나는 점차 울음을 그쳐갔다. 기력이 쇠했다기보다 정성이 미안해서였다.

인적이 드문 동네였지만, 그럼에도 소문을 듣고 기어코 찾아오는 사람들이 있어 할머니는 민박집을 했다. 가끔 매운탕 가게에서 생선을 손질하거나, 일을 도왔다. 할머니는 궂은날에도 도통 쉴 줄을 몰랐다. 그리고, 나는 곧 이곳에 사는 사람들처럼 빠르게 바뀌어갔다. 피부가 검어지고, 머리는 잡초처럼 무성해졌다. 그리고 몇 가지 맛을 익혔다. 조그만 입구멍으로 갖가지 음식들을 삼켜가며, 단단한 이로 씹고 으깨 버릇하며 배운 것들이었다. 나는 뼈째 들어오는 생선의 살점을 거부감 없이 잘만 먹었다. 하나의 풍미를 깨우쳐갔다. 그러면, 할머니는 내게 '거 놈, 애 같지 않게 잘 삼킨다'거나 '누구 새끼인지 먹을 줄 안다'며 시험하듯 뭔갈 더 입에 넣어보려 했다. 말들은 하나같이 포악하고 무성의해 보였지만, 막상 그 말들을 듣고 나면 이상하게 기분이 좋았다. 나는 맛에 깃든 배부른 말을 받아먹으려 주는 족족 목구멍으로 욱여넣었다. 어느 낱말들은 입안에 사탕처럼 간직해 오래 맛을 보기도 했는데, 그러한 단어들은 점차 말이 되었다. 훗날 어머니가 제가 난 자식에게 새삼 어색함을 느꼈던 이유도, 바로 이 말들 때문이었다.

바닷가의 한적함을 닮기라도 한듯 사람들은 대개 말수가 적었고, 말이 없어 하루가 지겨웠다. 평화로운 무료함이 늘상 지속됐다. 시골의 밤은 유독 컴컴해, 시간이 더디게 흘렀다. 앞마당으론 소금기가 낀 바람이 웅크려 불고 흥얼거리는 말들은 금방 희미하게 말라갔다. 이따금 풀벌레 소리가 철썩, 하는 파도 소리와 함께 외풍처럼 서늘하게 울렸다. 그리고, 할머니는 아프다는 말을 버릇처럼 반복적으로 웅얼거렸다. 그럴 때면, 나는 무어라 답해야 할지 몰랐다. 그것은 내가 여태껏 들어본 말 중, 가장 무게감을 지닌 말이었다. 그래서 나는 했던 말을 다시 하는 수밖에 없었다. 아프다는 사람에게, 아프냐고 묻는 식이었다. 그러면, 할머니는 자신이 한 말을 까먹기라도 한 양 괜찮다 거저 대답했다. 괜찮다, 아가. 나는 그 말이 거짓인 줄 뻔히 알면서도, 내심 안심했다. 실은, '아프냐'고 물어본 뒤, 걱정이 아닌 다행을 확인하고 싶은 마음이 더 컸던 까닭이었다. '아프냐'고 말하면서, '괜찮다'는 말 외의 답을 바라본 적이 없었다. 상상해 본 적은 있긴 해도, 그러고 나면 이상하게 마음이 무거워졌다. 할머니 역시 그런 속마음을 아는지, 내가 묻는 말에 굳이 대답하지 않았다. 어쩌다, 기침하듯 '아프다'는 말을 뱉을 적에도 금세 아픈 기색을 도로 숨기곤 했다. 불현듯 터져 나오는 통증은 구겨진 미간이나 미세한 손 떨림처럼 잠시 머물다 흔적도 없이 사라졌다.

그러나, 모든 증상이 흔적도 없이 사라지는 건 아니었다. 대부분의 삶이 그렇듯, 의도치 않은 순간에 원치 않는 일은 늘 기적처럼 나타나기 마련이었다. 어쩌면 늙는다는 건, 그 의도치 않은 순간과 벌어진 원치 않는 일을 매번 마주하고, 뼈저리게 실감하는 과정일지도 몰랐다. 할머니는 자신도 모르는 사이 요에 실수를 하곤 했다. 부드럽게 휜 등뼈 사이로 종종 노랗게 젖은 자국을 볼 수 있었다. 그럴 때면, 나는 덤덤히 모른 척 상황을 넘기려고 애썼다. 그 모습이 이상하게 애처로웠고, 그 광경을 지금 내가 보고 있다는 사실이 무척 부끄럽게 느껴졌다. 등을 돌리곤 어서 이 시간이 지나가길 바라는 심정으로 눈을 감고 있던 일이 부끄러웠고, 할머니가 요에 깨 자리를 수습하는 순간 역시도 몹시 부끄러웠다. 그렇게 참을 수 없이 부끄러울 때면, 나는 그 자리에서 굳은 채 기척도 없이 숨죽여 있곤 했다. 하지만, 차마 들키지 않았으면 하는 마음은 왜 이토록 선명하게 드러나는 걸까. 할머니는 이 모든 상황을 파악하기라도 한 듯, 평소처럼 내게 말을 걸었다. 아가. 나는 아무 말도 하지 않았다. 아가, 밥 먹자. 배고프다. 할머니는 부끄러움, 창피함에 얼굴이 뜨거웠지만서도, 애써 침착한 표정을 유지했다. 요를 대충 말아 방구석으로 밀어넣곤 밥거리를 하러 방문을 나섰다. 나는 그러한 할머니의 태연함이 참 부자연스럽다고 생각했다. 그리고 그날 밤, 할머니와 방 안에 드러누워 이런저런 얘기를 늘어놓았을 때도 그랬다.

날은 길고, 시간을 지루해 더디게 흐르고, 내 마음은 시도 때도 없이 부풀다 가라앉길 반복할 무렵, 밤은 늘 어김없이 찾아왔다. 나는 할머니와 단둘이 드러누워 지루한 얘기를 거듭 되풀어 들려주었다. 폐가 주변을 어슬렁거렸던 얘기와 근처 식당에서 욕을 주고받으며 싸우는 아저씨들의 붉은 얼굴, 그리고 수시로 뒤척였던 지난밤에 대해서. 할머니는 얌전히 듣다 가끔 구성진 소리로 맞장구를 쳐줬다. '그렇냐'던가, '어

134

쩌냐'던가 하는 식이었다. 할머니는 내가 잘 모르는 아버지에 관한 흉을 봤다. 듣고 있자면 든든하고 믿음직해 보이던 아버지가 무슨 소릴 해도 가볍게 비웃어 넘길 만큼 아주 조그맣게 쪼그라드는 것 같았다. 그 외에도, 아이 할아비가 고약하기로 동네에 소문이 나 누구도 함부로 대하지 못했다던 얘기와 태어났지만 살지는 못한 자식들에 관한 얘기를 늘어놨다. 그 자식들 중 하나는 애가 밴 줄도 모르고 고된 밭일을 하다 유산이 된 아이도, 무척 예쁘고 고와 이르게 하늘이 데려간 아이도 있었다고 했다. 그리고 잘은 모르지만, 어떤 가난과 시대에 관해서도 나는 주의 깊게 들었다. 물 붓듯 쏟아지는 삶을 착실히 쌓아보진 못했으나, 그래도 간신히 받아냈다는 특유의 긍지 같은 게 말끝마다 배어 있었다. 나는 바르게 들으며, 할머니의 얼굴을 몰래 훔쳐 살펴봤다. 할머니는 이상할 정도로 태연했다. 모든 감정을 걷어낸 사람처럼 덤덤한 표정을 지었다. 그 모든 이야기가 실은 '거짓'이라 해도 믿을 만큼 정연한 태도였다. 어떠한 감각 한쪽을 잃어버린 사람 같았다. 무엇이 할머니를 그리 초연하게 만든 걸까, 늘 궁금했다. '다 지난 일이다, 지난 일'이란 말을 반복적으로 되풀어도. 그래도, 결코 시간이 해결해주지 못할 일들도 있을 텐데 그런 건 누가 어떻게 해결해주나. 어쩌면, 무엇도 해결한 것 없이. 이해나 납득한 적도, 바란 적도 없이 그저 모른 척 살고 있는 걸까. 나는 울지 않는 할머니가, 왠지 부자연스럽다고 생각했다. 그러나 막상 할머니가 눈앞에서 울음을 쏟아냈을 때, 나는 돌연 생경해져 어쩔 방법이 없었다.

　다음날, 허기에 눈이 떠졌을 때 문틈으로 밀려 들어오는 작은 기척을 느꼈다. 나는 어딘가 사뭇 어색해진 분위기를 뒤적이며 문을 열고 고개를 내밀었다. 일찍부터 빨래를 널고 있는 할머니의 모습이 보였다. 콘크리트 마당 한구석, 말끔하게 헹궈 놓은 요강도 눈에 띄었다. 한데 아무도 없는 와중, 할머니는 혼자 무어라 말을 걸어 버릇하는 것 같았다. 한탄하는 일이 대체로 그렇듯, 자책하는 말투로였다. 나는 그 소리를 몰래 주워들었다. 말의 마디가 점점 흐려지고, 추위를 타듯 말끝이 떨렸다. 할머니는 곧 뭉개지는 작은 소리로 흐느끼기 시작했다. 한 손엔 널다 만 팬티 자락을 쥔 채였다. 젖은 팬티에선 물기가 뚝뚝 떨어졌다. 왜인지 모르겠으나, 나는 그 모습이 참 슬프다고 생각했다. 울음은 내 마음 한 켠에 걸쳐 도무지 이해할 수 없다가도 어설프게나마 이해할 수 있을 것 같은 경계를 넘나들었다. 할머니는 아직도 어떤 과정 속에 갇힌 사람 같았다. 나는 농담 사이 불쑥 드러난 진담처럼 이내 선득해졌다. 새가 날아들고 젖은 옷가지가 바람에 흔들렸다. 울음은 소리가 작아 동네의 활력이 되지 못했다. 마당 위론 생선 핏자국이 묽게 번져 있었다. 한껏 내리쬐는 볕에 이마가 뜨거웠다.

　이후, 할머니는 마음을 잠근 사람처럼 큰 내색을 보이지 않았다. 나를 어르고, 밥을 차려 떠먹이고, 가끔 없는 돈을 쥐여주긴 했어도, 별다른 얘기를 입밖에 꺼내지 않았다. 말수가 점차 줄어갔다. 덩달아 내 울음 역시도 빠르게 사그라들었다. 그건 내가 성숙해졌다는 뜻도, 할머니가 더이상 아프지 않다는 뜻도 아니었다. 다만, 울음이 내게 하나의 금기처럼 여겨졌을 뿐이었다. 함부로 울어서는 안 되는. 그러니까, 아무래도 할머니를 앞에 두고 울어서는 안 되지 않나 하는, 예감이 들었던 까닭이었다. 하지만, 나는 어렸고, 어려서 내 다짐은 여름철 과일처럼 금세 물러졌다. 나는 얼마 지나지 않아, 온 동네가 들썩이도록 울지 않고서는 어쩔 도리가 없었다. 바람이 서늘하게 불던 대낮이었다.

할머니와 작별하기 전, 나는 코를 훌쩍이며 서글프게 울어댔다. 눈덩이 속으로 물이 가득 고였고, 마음에는 물이 찼다. 아가, 왜 울어. 나는 울지 말라는 말이 서러워 더 크게 울어댔다. 울음은 물 한복판에서, 갈 길 잃은 사람처럼 먹먹히 울려 퍼졌다. 길 한복판에서 드센 파도 소리마냥 파다하게 떠다녔다. 그리고 어머니는 좀 무안했다. 자신이 마치 불청객처럼 느껴졌기 때문이었다. 나는 제 목구멍에서 자꾸만 걸리는. 나오려다 도로 몸속으로 굴러 떨어지는 말들에 애를 먹었다. 할머니. 할머니는 서글한 표정으로 대답했다. 그려, 왜. 나는 다시 한번 울음을 꾹 누르고 입을 뗐다. 할머니. 그러곤 다음 말을 생각했다. 외롭던 내가 퍽 안심했던. 그 밤, 나를 지탱해준 어떤 말과 마음 같은 것을 떠올렸다. 문득, 그간 사무쳤던 밤이 기억났다.

"어여 가."

할머니가 말했다. 내 입에서 울음이 찔끔 새어 나왔다.

"어여 가, 춥다."

그와 함께 할머니가 손을 들어 내쫓듯 저리 가라 휘저었다. 까닭에 나는 도무지 떠오르지 않는 말들을 까맣게 잊은 채, 걸음을 옮길 수밖에 없었다. 나는 할머니를 향해 손을 흔들었다. 손 사이로 소금기가 밴 바람이 입맛을 다시며 불었고, 나는 무언갈 남겨둔 사람처럼 발을 뗄 때는 내내 뒤를 돌아보았다. 그리고 이 장면은 내가 기억하는 가장 슬픈 모습 중하나이자 할머니의 마지막 모습이 되었다. 하지만, 그 장소에 대한 여분의 마음만은 남아 수시로 옅은 기억으로 나를 거든다. 그래서 바다는 내게 좀처럼 애틋한 장소로 남아 있다.

누구의 잘못도 아닌

　　내가 태어난 이후로, 아버지는 아버지가 되었을 것이다. 한 번도 되어 본 적이 없는. 되어 본 적이 없어 많이 무섭고, 어려웠을. 하지만, 내가 태어난 이래 아버지는 아버지가 되었으므로, 나는 단 한 번도 아버지 외의 다른 무엇을 상상할 수 없었다. 그리고 그보다 더 오래된 것이 하나 있다. 바로 아버지의 직업이다. 아버지는 회사원이셨다. 그건 아버지와 마찬가지로, 내가 태어난 이전부터 오래도록 아버지를 수식해온 직함이었으므로 나는 아버지가 회사원인 게 '아버지'만큼 당연한 거라고 생각했다. 어쩌면 당연한 건 너무 마땅한 탓에 구태여 그것의 곤경을 가늠해보지 않는 것처럼. 직업이 갖는 생계의 무게를 몰라 쉽게 떠올리고 감각하는 걸지도 모른다. 하나, 나는 살면서 몇 번의 어긋남을 경험한 후 이제는 '당연하다'는 말을 섣불리 내뱉지 못하게 될 나이가 되었고, 아버지는 여전히 아버지이지만, 더 이상 회사원은 아니다.

아버지가 실업하게 된 때는 소위 말하는 '밀레니엄' 직후였다. '밀레니엄'은 이전의 새해와는 조금 달랐다. 일시적인 순간이라기보다 하나의 사건에 가까웠다. 새해는 필히 짚고 넘어가야 할 약관처럼, 사람들을 조금 엄격하고 신중하게 만들었다. 한 번도 자신에게 기대를 바란 적이 없는 시간 위로, 사람들은 몇 가지의 사소한 단절과 바람을 실어 보냈다. 날에 날을 거듭하며 의당 그래 왔을, 순서를 되풀이했다. 그즈음 우리가 누군가를 만나게 되거나 다짐하는 일이 늘 그러했던 것처럼. 하지만, '밀레니엄' 앞에서 우리는 뭘 어찌해야 할지 몰랐다. 그래선지, 사람들은 그 말에서 극도의 불안과 우려, 기대와 희망을 동시에 엿봤다. 세계는 과도하게 들끓고 있었다. 사람들은 그러한 세계의 부추김에 떠밀려 섣불리 뭔가를 결정하려는 것 같았다.

동네 온갖 간판에 '밀레니엄'이란 말이 새겨지고, 예측과 전망이 쏟아졌다. '기술 변혁', '전자통신' 같은 말이 사방에서 난무했다. 생명공학의 발달로 질병이 사라지고 여유가 있는 사람은 수명을 늘릴 수 있게 될 것으로 내다본 반면, 또 다른 누군가는 컴퓨터와 인간이 결합된 사이보그가 세상을 주도할지도 모른다고 예측했다. '개인의 말보단 세계의 말이' 도처에서 퍼져 나왔다. 얼마나 어긋났는지 모른 채, 과거의 사람들이 만들어낸 지나친 미래지향적 이미지가 그려졌다. 홀로그램 의복에 삐죽하게 솟은 머리로, 공중을 부유하는 갖가지 사물들을 익숙히 여기는 모습들 말이다. 그것은 어쩌면, 우리가 미래에 이룩하고 성취해야 할 바일지도 몰랐다. 세계는 바삐 무언가가 되려 하고 있었고, 사람들은 그것의 정체를 확인하기 위해 박차를 가했으니까. 그러니, 아버지가 실업했던 이유도 혹시 그 때문이 아니었을까. 세계는 황급히 무언가가 되고 싶어 했고, 그 속도가 너무 빠른 탓에 아버지가 그만 이탈해버린 거라고. 아버지는 지금까지도 경황없이, 안간힘으로 그 속도를 좇고 있는 중이다. 하나, 할 수 있는 일이라곤 평생을 그 속도에 눈치를 보는 것일 뿐. 다시는 아버지 인생에서 그 속도와 동행할 날은 오지 않을 게 뻔했다. 그리고 그건 내가 누군가를 점점 잊는 일이 내 잘못이 될 수 없듯, 분명 아버지의 잘못도 아닐 것이다.

아버지는 점점 무언가 배우기를 꺼려했다. 아버지의 몸이 서서히 늙음을 증명하고 있다는 걸 떠나, 습득하는 데에 큰 기쁨을 느끼지 못하는 듯했다. 물론, 나이가 들어 뭔가를 깨우친다는 게 쉬운 일은 아니었다. 유년 시절. 사회적인 문법 안에서 단계적으로. 약간의 능동과 대부분 수동적인 학습과정을 거쳐 자연히 배우는 방식과는 조금 달랐다. 아버지에겐 뭔갈 이해하기 전, 기존의 것과 대면해야 하는 과정이 필요했다. 스스로의 내부를 헐고 다시 복원해야 하는 번거로운 공정을 거쳐야 했다. 아버지는 이따금씩 이 모든 상황 자체를 이해하지 못하는 경우가 많았다. 그럴 때면, 내게 나서서 따지거나 어렵다는 듯 반복해 물어왔다. 나는 동음어를 구분하기 위해 이국의 말을 빌려올 때처럼, 새로운 언어를 설명하기 위해 아버지 세계에서 통용된 언어를 가져와 소화시켰다. 몇몇 말은 아예 이해하길 포기한 채 습관적으로 쓰기 시작했다. 대표적으로 '팟캐스트'같은 언어들이 그랬다. 언젠가, 라디오를 듣고 싶다 말한 아버지께 알려드린 말이었다. '라디오' 비슷한 거지만, 라디오는 아니라고. '어플'이니 하는 말들도 전부 그랬다. 다시 말해, 아버지는 하나의 말을 맞으며, 다른 무엇과 끊임없이 작별하는 셈이었다. 그리고 그 엇갈림에서 아버지는 지나온 길목을 더듬듯 생경한 표정을 지었다. 하나 연인이 이별의 목전에서 문득 과거를 상기할지언정 그 회상이 이별을 결코 막아주진 못하듯, 아버지의 주저도 그러할 터였다. 오고, 가는 일은 삶에서 가장 기본적인 원리이고, 거역할 수 없는 명령처럼 불가피한 일이니까. 설령 그게 사람 말이나 시절, 삶의 한 방식이라 해도.

언젠가 아버지가 작은 호프집을 운영했을 때도 그랬다. 아버지는 평소 낯을 많이 가리는 성격이었는데, 어린 손님이 와도 최대한 살갑게 말을 붙이려 애쓸 적이 많았다. 아버지는 큰 소리로 손님을 맞았고, 부드러운 목소리로 돌려보냈다. 오는 사람에겐 어서 오라 하지 않고 '와주어서 감사하다'고 했다. 물론 가는 사람에게도 단순히 잘 가라 하지 않고 '다음에 또 방문해달라'고 했다. 나는 아버지의 그런 과도한 친절이 사뭇 어색하게 느껴졌다. 손님의 '시선'을 지나치게 의식하는 행동이나, 어떤 이질적인 층을 지우려 어설프게 건네는 말들도 그랬다.

그때 나는 아버지가 다른 사람이 되기 위해 탈피하려는 것처럼 보였다. 예전의 큐티클을 벗어내며 자신을 갱신하는, 낡은 표피를 버리고 몸의 규모를 넓혀가는 동물같이. 그것이 자연적인 환경이 아닌 사회적인 조건이 되었을 뿐, 별반 다르지 않았다. 자신의 생에 순종하고, 요구되는 삶의 수순에 적응을 필요로 하는 건 어느 생물이나 매한가지였다. 물론, 그것은 나도 마찬가지일 것이다.

요즘, 아버지는 또 무슨 결심이 섰는지 기술을 배우겠다며 꾸준히 인터넷 강의를 듣고 있다. 의자에 앉아 구부정한 허리로 모니터를 들여다보는 모습이 썩 자연스럽다. 현대 문명이 주는 당혹감에 빠져 있을 때면 뒤숭숭한 심정으로 바라보곤 했는데, 이제는 그렇지 않다. 처음, 나는 생전 도움 한번 바라지 않던 아버지가 자식에게 무언갈 묻고 배우려는 모습을 유독 부끄럽게 여기는 모양이라고 생각했다. 보다 늙은 사람이 보다 젊은 사람을 가르치는 건 우리가 아주 오랫동안 보아 오고 경험해온 장면 중 하나였으니까. 그래서, 아버지가 내게 무언갈 물어올 적이면 소극적이고, 망설이는 모양이라고. 아버지와 자식간의 그 '관계'를 남사스럽게 받아들이기 때문이라고. 하지만, 돌이켜보건대 아버지는 어쩌면 '관계'를 그리 큰 장애물로 여기는 것 같지 않다. 내겐 '아버지'가 아버지인 것이 지극히 당연한 일로 여겨지는 것에 반해, 아버지는 자신이 '아버지'가 된 것이 수많은 선택 중 '일부'였을 뿐이라 생각하는 것처럼 말이다. 그렇다면, 아버지가 줄곧 머뭇거렸던 건 무엇이었을까. 아버지에게 결심을 부추긴 건 또 무엇이고. 나는 잘 모르겠다. 우리는 대게 타인을 상상하면서, 그 위치에 자신을 덧씌우는 존재들이니까. 나는 아버지를 상상할 수 없고, 아버지가 된 '나'를 상상하고 마니까. 결국 내가 확인할 수 있는 건 아버지의 외형적 행동뿐인 것이다. 아버지의 손과 아버지의 말. 어떤 눈빛. 그 모든 행동들이 남긴 여운과 잔향을. 내 기억의 유효 속에서 점점 잊혀지고 있을 장면만을, 나는 알 수가 있는 것이다.

아버지는 여전히 새로운 말을 배운다. 그것은 나도 마찬가지다. 새로운 말들은 유행처럼 날마다 생겨나고, 우리는 밥 먹듯 말을 들으며 살아가니까. 나는 새로운 말을 배울 때마다 살아가는 데, 필요한 말이 이렇게나 많은가 새삼 깨달았다. 그리고 그것과는 반대로, 이젠 존재했는지도 모를 정도로 사라지고 망각된 말들도 분명 많을 거란 생각도 얼핏 스쳤다. 물론, 잊혀진 말들은 이미 오래전에 없어져 내가 기억조차 할 수 없겠지만. 그래도 가끔은 누구도 기억해주지 않아 사라진 줄도 모르는 무엇들을 상상하다 보면, 내가 어떤 '의무'를 져

버린 것 같아 괜스레 미안쩍은 감정이 들었다. 만성적인 후회도 함께 따라왔다. 자의적으로 포기하거나 버린다 해도, 보내는 일은 늘 마음 한 켠에 묘한 자국을 남기기 마련이니까. 다시 말해, 우리는 자신도 모르는 사이 무수한 말들과 만나고 작별하며 스치듯 살아가는 중일지도 모른다. 그래서 철 지난 유행어를 가만히 듣고 있자면, 오랜 시간이 흐른 뒤 꺼내보는 사진처럼 그리운 마음이 들곤 하는 것이다.

내 젊은 날의 공간

그러고 보면, 내가 '처음'이라는 말을 배불리 들어본 적은 언제였을까. '처음'이 처음이라 좋았던 시절, 그 언제가. 아마도 이제 막 대학생이 되었을 무렵, 여름이었을 거다. 지방에서 온 터라 나는 모든 게 서툴고 곤혹스러웠다. 한 시절이 어려운 숙제처럼 느껴졌달까. 여태껏 풍속처럼 떠밀려 온 것과 달리, 이십 대는 내게 끊임없이 다그치는 느낌이었다. 젊음이 아주 죄스러운 일이라는 듯, 누군가 아주 난해한 선택지를 들이미는 것마냥 그랬다. 그게 무엇인지는 잘 몰랐다. 아무튼 그때부터, 나는 여태껏 그 부추김에 눈치를 보며 살아온 기분이 든다. 그럼에도 분명한 건, 내 모든 시간 중 '젊음'이 그렇게 살갑게 다가왔던 적은 없었다는 것이다. 내가 아직 어리다는 것. 젊음에서 유예의 냄새를 맡기 이전. 정말로 혈기왕성하다는 말이 딱 들어맞는 시기. 나는 그때, 흥분과 설렘, 기대와 낙관을 낭비하고 다녔다. 나는 내가 어떤 사람이 될지 궁금했지만, 뚜렷하게 되고 싶은 무엇이 있던 건 아니었다. 단지 '젊다'는 이유에서였다.

당시, 나는 리빙텔에 살고 있었다. 공용 주방과 더불어 공용 화장실이 딸려 있는 곳이었다. 구조는 고시원과 비슷했는데 평수가 넓었고 수험생이나 일용직 노무자와 같은 장기투숙객이 없었다. 아마도 낙후된 여관을 좀 손봐 그대로 업종만 변경한 듯했다. 복도에는 여전히 '토마토 여관'이라 써진 카펫이 깔려 있었다.

교내 기숙사 선발에 떨어지거나, 자취할 여력이 되지 않는 학생들은 전부 이러한 시설로 몰렸다. 그중에서도 이 '토마토'리빙텔은 다른 곳보다 유독 인기가 많았다. 딱히 외관이나 시설이 좋아서 그런 건 아니었다. 관리자가 조금 친절하긴 했지만, 진짜는 따로 있었다. 단순히, 이곳은 밥과 김치와 함께 반찬이 제공된다는 거였다. 비록 그 반찬도 오래 쟁여두고 먹을 수 있는 간이 센 장아찌가 전부였지만. 그 반찬과 더불어 한 주마다 삼겹살을 제공해준다는 점도 꽤 큰 장점이었다. '주마다 삼겹살 무한 제공!'이라는 문구의 현수막이, 리빙텔 앞에서 자랑스럽게 펄럭인 데는 다 이유가 있었다. 나는 이제까지 '불판'이란 사람과의 어떤 관계를 증명해준다고 믿는 편이었다. 어느 정도 돈독한 관계가 아니고서야, 그렇게 수고와 노동의 과정이 담긴 음식은 잘 먹지 않았다. 내가 불판 위에서 떠올리는 얼굴들도, 가족이나 친구 그런 익숙한 얼굴들이 전부였다. 그럼에도 우리는 고기가 아니었음, 만날 까닭도 없었으므로 전혀 개의치 않게 고기를 구웠고, 입에 구겨 넣었다. 우리는 서로 모르는 사람의 고기를 굽고, 모르는 사람이 구운 고기를 먹었다. 고기의 질은 좋지 않았다. 얼마나 꽝꽝 얼었는지, 고기가 푸석하다 못해 실금이 쭉쭉 가 있었다. 우리는 고기를 먹으며, 부지런히 입과 함께 눈을 움직였다. 왜냐하면, 우리는 젊은 남자와 여자이기 때문이었다. 젊은 청춘들은 지글지글 끓는 소리와 그 불판의 열기가 아지랑이처럼 피는 곳에서 서로를 의식하고 있었다. 훔쳐보고, 들키고. '젊음'이 만들어낸 소박하면서 동시에 노골적인 시선은 사방팔방으로 돌아다녔다. 나는 그러한 시선들이 불편하지 않았다. 오히려 즐겁고 살가운 쪽에 가까웠다. 그때까진 주목의 시선이 기분 좋았다. 그래선지, 불판의 열기와 고기의 기름내가 잔뜩 올라오는 식탁 위에서. 상추에 깻잎을 대고 고기를 올려놓은 손바닥 위에서도, 내심 마음이 부풀었던 기억이 난다.

그밖에도 찬물에 샤워를 하고, 천장 중앙에서 비좁게 나오는 에어컨 바람에 퍽 의지하는 여름을 보내고. 복도를 걸으며 뒤꿈치를 들고, 음식이 입에 물려도. 만원 지하철에서 서로의 팔을 문대며 체취와 체온을 오롯이 전해 받는 것처럼, 다닥다닥 붙은 동일한 방들 사이 각종 소음을 전해 들으면서도, 나는 그 불편들이 '처음'이라 견딜 만했다. 처음이라 괜찮았고,

심지어 처음이라 좋을 적도, 설렐 때도 있었다. 좀처럼 지겹지가 않았다.

　자취를 시작한 건 그 이후였다. 사람 두세 명쯤 누워 잘 수 있는 좁은 공간이었는데, 어머니는 처음 집에 들어와서부터 잔소리를 열심히 늘어놓았다. '청소는 하고 사니, 밥도 전부 쉬어서 먹지도 못하겠네, 물건 좀 쓰면 정리해둬라' 어머니는 내가 사는 공간의 구성과 모습을 보고 못내 미안함을 느끼는 모양이었다. 내가 사는 공간이 집이 아닌 방의 형태를 띠고 있어 더 그런 듯했다. 집은 확실히 좁았다. 한 사람이 간신히 살던 규모였으니, 충분히 그럴 만했다. 어머니는 몇 시간을 구석구석 정성 들여 살피더니 딱 한마디했다.

　"안 되겠다. 집을 좀 정리해야겠다."

　그날 어머니와 나는 비좁은 공간을 어떻게든 넓히기 위해 끊임없이 버리고, 배치를 바꿨다. 과감하게 공간을 내고, 엄격한 기준으로 자리를 도로 메웠다. 장롱 대신 행거를 매달고, 매트리스 대신 바닥에 요를 깔았다. 일일이 쓸모를 따져본 후, 거기서 다시 한번 필요를 판단한 결과였다. 서랍이 구비된 책장도 다리만 있는 상으로 교체했다. 수납공간이 구분되어 있는 것보다 차라리 쌓아두는 편이 공간 소모가 덜했다.

그렇게 공간을 손보고 나자 속이 텅 빈 책상 안쪽으로 고개를 뻗어 누울 수 있었다. 그렇게 나란히 드러누워 천장을 바라보면, 시야가 책상의 턱에 걸려 반듯하게 잘려 나갔다. 그 외에도 나는 몇 가지 가구를 더 내버리고 대체했다. 때문에 공간은 집도, 방도 아닌 다른 무엇으로 점차 변해갔다. 벽처럼 쌓아올린 온갖 서적들이며 번잡스럽게 걸려있는 옷가지들이 집 자체를 두서없이 만들었다. 집이라면 의당 느껴야 할, 정착의 느낌이 들지 않았다. 쓰임을 몰라 임의대로 오용하는 것처럼, 공간을 낭비하는 기분이었다. 하여, 어느 날 밤. 아주 크고 두터운 손으로 쓸어내리기라도 하듯, 눈이 반쯤 감긴 채 잠자리에 들며 이런 생각을 한 적도 있었다.

　'대체, 뭐가 잘못된 걸까.'

　살면서 거주하는 공간이 삶에 어떠한 영향을 미치는지 뼈저리게 깨달았다. 물론, 좋은 쪽보다는 상대적으로 부정적인 깨우침이 많았지만. 공간이 삶의 형태를 바꿀 수 있듯, 거처가 내 삶을 어떻게 더욱 비참하게 만드는지 실감했다. 집이, 집이 아닌 느낌. 무더운 여름에는 집 안도 찌듯이 무더웠고, 추운 겨울이면 유독 온수가 잘 나오지 않았다. 집이 집다운 순간은 오직 장마철뿐이었다. 그때만큼은 외부와 내부가 나뉘어져 있다는 사실이 명확하게 인식됐다. 이제껏 독립해서 살아온 거처의 의미는 내게 그 정도였다. 외부와 내부가 단절된 공간, 안과 밖, 물리적인 장소이기보다 심리적인 공간에 가까운 곳.

　몇 번의 이사를 거듭하여 현재는 두어 개의 방이 붙은 전세집에 살고 있다. 이전 세입자가 이곳에 애착이 많았던지, 제법 인테리어에 공들인 티가 나 나도 한동안 전세집을 내 집 꾸리듯 열심히 가꾸었던 기억이 난다. 실크재질의 커튼을 달고, 베란다에 목판 타일을 까는가 하면, 벌레가 꼬일 것은 생각도 안 하고 무작정 화분을 들여놓았다. 독립하고 나서 처음 겪는 일이었다. 어쩌면, 나는 이제껏 미뤄오고, 유예해왔던 정착의 기분을 조금이나마 느껴보고 싶었던 걸지도 몰랐다. 비록, 그 장소가 겨우 2년치의 실감이라고 해도 말이다.

　나는 요즘 부쩍 내 공간에 습관을, 생활을 조금씩 들여놓고 있는 중이다. 음식별, 혹은 용도에 따라 식기를 나누어 쓸 줄도 알고, 큰 쓸모는 없지만 하나쯤은 있어도 좋을 법한 장식물도 서너 개쯤 있다. 빛이 들어오고 나가는 자리를 계산하고 동선을 고려해 책상을 놓기도, 때로는 실용과는 거리가 먼 소모적인 방식으로 서슴없이 가구를 배치하기도 한다. 얼핏 보면 낭비같지만, 이것도 하나의 공간 활용임을 서서히 깨닫고 있는 참이다. 전 세입자가 들인 정성의 흔적을 발견하지 못했다면, 그렇게 누군가 고심하고, 끝내 결심한 마음이 여향처럼 남아 아슬아슬 걸쳐있던 내 취향의 인내심을 건드리지 않았더라면, 미처 시도해보지 못했을 일이다.

두세 명이 겨우 살법한 공간에서 온몸으로 기지개를 켜듯 내 일상을 조금씩 쌓아가고 있다. 부엌에 마련한 다용도 책상에서 커피를 내리고, 비좁은 거실에서 가슴팍이 닿는 테이블에 앉아 식사를 한다. 날이 좋으면 종종 작은 방의 문을 열어 환기를 시키고, 베란다에 두었던 몬스테라를 창가에 잠시 내어놓는다. 비록 두서없는 생활 패턴이지만, 그 복잡한 생활 방식이 전적으로 '내 것'이라는 사실에 작은 만족감을 느낀다. 수많은 처음을 지나, 몇 번의 기대와 실망을 겪어온 나로서는 이곳도 언젠가 지난 삶의 단계처럼 그 일부가 될 것임을 알지만, 모처럼 기성복이 아닌 맞춤복을 입은 기분으로 살고 있다. 내 생활의 반경이, 삶의 너비가 실은 이토록 넓다는 사실을 깨달으며 비로소 조금은 나다워진 나를 발견한다.

피아노

    사실, 음악은 듣는 게 아니라 보는 쪽에 더 가까운 행위이겠다는 생각이 든 건, 그녀의 연주를 보고 나서였다. 그녀는 두 살 터울의 동네 누나였다. 나는 가끔씩 말도 안 되는 이야기를 그럴 듯하게 지어 들려주었고, 가끔 반말도 섞어가며 어떤 층을 지우기 위해 노력하고 있었다. 그러던 어느 날, 사건이 일어났다. 그녀가 자신의 집으로 나를 초대한 것이다. 꼭 보여주고 싶은 게 있다면서 한껏 들뜨게 만들었다. 그녀는 방문의 손잡이를 쥐는 순간까지도, 어쩔 줄 몰라 하며 입가에 미소가 가득 번지고 있었다. 방문을 열자마자 눈에 번뜩 무언가 들어왔다. 피아노였다. 나는 그때까지만 해도 피아노를 실제로 본 적이 없었다. 어떤 음계를 연주하는 악기인 줄은 막연히 알았어도, 어디까지나 상상이었을 뿐. 하나의 물리로 소리가 만들어지는 과정을 보는 건 처음이었다. 그녀는 자신의 체격에 맞게 조절된 의자를 꺼내 앉았다. 그리고 나를 옆에 불러 세웠다. 연주가 시작됐다. 아마, '은파'라는 곡이었던 것 같다. 아니, 확실하다. 분명 그녀는 이 곡을 연주해 보이면서 꽤 우쭐한 표정으로 곡명을 말해줬었다. 그렇게 빠져들어, '다른 건 다른 건' 하며 한동안 그녀를 보챘다. 내심 기분이 좋았던지, 싫다는 기색 하나 없었다. 손을 건반으로 가져가기만 하면, 잘 조합된 음이 술술 흘러나왔다. 무엇을 능숙하게 다룬다는 건 확실히 그랬다. 편안한 옷을 입은 것만큼이나 자연스럽고 당연한 구석이 있었다. 그날 나는 피아노에 속해있는 그녀가, 알 수 없는 세계를 통제하고 조율하는 거대한 사람처럼 보였다. 내게 연주란 그런 것이었다. 미지의, 내가 들어갈 수 없는 어떤 공간으로 진입하려는 것 같았다. 나는 그때부터 그녀에게 더 이상 시답잖은 이야기를 만들어 들려주지 않았다. 물론, 반말도 섞지 않았다.

나는 곧장 집에 돌아와, 다짜고짜 엄마를 불러댔다. 그러곤 사전 설명도 없이 딱 한 마디만 했다.

"엄마, 나 피아노 학원 보내줘."

엄마는 벙쪄서, 무슨 일인가 싶었는지 '왜'라고 물었고, 나는 그날의 일을 전부 말해주었다. 엄마는 까무러치게 킥킥대며 웃었다. 숨을 고를 새도 없이 웃음이 터져 나와 목이 붉어져서는, 기침까지 쏟아냈다. 엄마는 대수롭냐는 식으로 그러겠다고 했다. 사실, 엄마에겐 피아노니 뭐니 하는 것들은 죄다 관심 밖이었다. "그애가 그렇게 좋냐"고 나를 계속 골리듯 추궁했다. 내가 아무리 아니라고 부인해봐야, 소용없었다. 엄마는 늘 그런식이었다. 자신이 물고 있는 답을 받아내기 전까지, 계속 묻기만 했다. 내가 못 이겨 하는 수 없이 '맞아, 그래'라고 말하면, 흡족한 모습을 취해 보이며 "그렇지? 그렇지? 넌 이 엄마 손바닥 안이다, 머리 꼭대기에 있다"했다. 나는 '손바닥 안'이라는 말을 그렇게 이해했다. 발신 불명의 편지 같은 것이라고. 내가 결코 답할 수 없는, 오직 수신만 가능한 삶. 태어나기 이전부터 말들은 존재해왔고, 우리는 고작 그 말의 의미를 터득하는 것밖엔 할 수 없는 것처럼, 이미 엄마가 고른 말에 내 삶이 있어야 하는 건 아닐까 하고.

피아노 학원엔 또래의 아이들이 득실득실했다. 노란 학원 가방을 둘러메고, 이리저리 부산떠는 아이들은 그 자체로 하나의 악기였다. 조율이 안 돼, 제 음을 정확히 다루지는 못해도, 열심히 웅얼거리는 악기. 진짜 악기소리가 넘쳐 시끄러워도, 아이들은 아랑곳 않고 최선을 다해 소란을 넓혀가고 있었다. 그때, 나는 한 피아노방에서 선생님과 나란히 의자에 앉아, 이제 막 치게 될 피아노의 첫 순간을 기다리고 있었다.

빼곡히 이어져 있는 건반들을 보자, 처음 든 생각은 피아노가 매우 길고 넓다는 것이었다. 무엇을, 어떻게 해야 할지 몰랐다. 선생님은 내 손을 감싸 말아 쥐게 만들고, 검지만 쏙 빼냈다. 아무 건반이나 눌러보라고 했다. 피아노 정중앙 부근의 열쇠 구멍을 타고, 쭉 내려와 집히는 건반을 눌렀다. '미'하고 소리가 났다. 음은 울리다가 점점 연해지더니 곧 흩어졌다. 선생님은 다시 한번 마음이 내키는 대로 짚어보라고 했다. 운지법을 모르는 나는, 같은 검지로 그 옆 건반을 눌렀다. '파'하고 소리가 났다. 이번엔 검지만 빼꼼히 내밀고 있던 손을 펼치며, 선생님 손 전체로 내 손등을 받치듯 덧대었다. 그리고 차례대로, 천천히 내 다섯 손가락의 손톱을 지긋이 밀었다. 손 뒷면에서부터 서서히 밀려오는 힘이 그대로 실려, 건반이 푹 눌렸다. 또 소리가 났다. 선생님은 "피아노도 이렇게 운다"라고 알려주었다. 손으로 누른 건반에 힘이 실려, 내부에 가닥가닥 버티고 있던 현을 때리고 소리를 낸다는 것이라고. 그리고 선생님이 말했다. "그러니까, 방금 넌 잠시 동안 피아노가 됐던 거야. 내가 널 울린 거지" 그 말은 아주 광장했다. 피아노를 가뿐하게 치던 동네 누나가 거대해 보이기는 했어도, 어찌 못할 정도로 막강한 사람이라고까지 생각하게 된 건 그 말 때문이었다. 내가 피아노가 된 순간 알았다. 다른 무엇보다 '악기를 다뤄요'라는 말이 제일 근사하고 위력적으로 들린다는 걸. 마치, 다른 언어체계에 속해 있는 사람 같았다.

이후로도 종종 나는 그녀의 피아노 연주를 들을 수 있었다. 언제나 그랬듯, 그녀는 아주 능숙하게 피아노를 다뤘다.

누구나 발로 걸을 수 있듯, 누구나 손으로 짚을 수 있는 일이라고 말하는 것 같았다. 손가락은 물론 손 전체를 교차해가며 건반을 짚었다. 그때, 나는 매혹이라기엔 어딘가 조금 모자라고, 예리한 감정에 휩싸였다. 내가 피아노가 되었던 순간에도 그와 비슷한 걸 느꼈다. 내 손이 건반이 되고, 선생님의 살갖이 내 손톱 윗면을 문지르며 움푹 들어갈 때. 더욱이 피아노에선 내가 알지 못하는 더 복잡한 과정이 체계적으로 벌어지고 있으리란 사실은 이제 막 건반을 주므르기 시작한 아이에겐 버거운 것이었다. 허나, 분명한 건 음악은 듣는 것이 아니라 보는 것이라는 믿음이 생겼다. 몸을 밀착시킨 채 건반을 더듬는 모습은, 도저히 듣는 것 만으로는 불충분한 어떤 의식 같아 보였다.

나는 피아노를 쳤다. 배우겠다고 떼를 부렸으니, 그래야 했다. 하지만 두 눈으로 보고 듣던 것을, 내 몸으로 옮겨오는 일이 쉽지 않았다. 점점 피아노를 치는 일이 지겨워지기 시작했다. 피아노를 치다가도 괜히 선반 위의 메트로놈을 똑딱거리며 건드리거나, 곡을 친 횟수를 표시해놓는 수첩엔 연주와 상관없이 지루할 때마다 서너 개씩 동그라미를 그렸다. 그러다 얼마 못 가 학원을 그만두었다. 꼭 피아노를 그녀만큼 능숙하게 다루고 싶었던 건 아닐지도 모른다. 그것보다, 경험해보지 못한 피아노의 다른 한쪽 면을 기웃거리고 싶었던 것 같다. 피아노를 칠 때만큼은 음을 듣는 것뿐 아니라 만질 수도 있었으니까.

　다만, 내가 피아노 학원을 그만두겠다고 엄마에게 말했을 때, 엄마는 퍽 심각한 표정을 그려 보였다. 그리고 이렇게 말했다. "왜 그 애가 너보고 싫대냐?" 난 그 대답을 알고 있다. 그냥 "응"이라고 한 마디만 하면 된다. 그 질문은 분명 나에게 묻고 있는 것이지만, 질문이 입 밖에 나온 순간 이미 내겐 답이 없는 것과 다름없었다. 나는 그렇다고 대답했다. 이번에는 '그렇지? 그렇지?' 하며 되묻지 않았다. 밥을 차려놓을 테니, 얼른 씻고 오라고 했다. 나는 아무렇지 않게 밥을 떠먹으면서도, 걱정스러운 엄마의 표정이 신경 쓰였다. 정말 아무 일 없고, 괜찮았는데, 엄마는 전혀 그렇지 않아 보였다. 엄마는 몇 번씩 반찬을 집어 밥에 얹어 주었다. 나는 그 불편함이 어째선지 마냥 싫지만은 않았다. 사실 아무 일도 없는데, 큰일을 혼자 벌려놓은 엄마가 나를 대하는 모습이 워낙 진심 어려서 그랬다. 집어주는 반찬을 열심히 자식처럼 받아먹으며, 속으로 많이 웃었다.

　이상하게, 피아노에 급하게 반했다가도 어떻게 돌아섰는지는 기억에 없다. 아마 이런저런 핑계를 늘어놓다 가지 않았겠지. 허나 살면서 삶의 큰 영역을 차지하고 떠나는 것들이 무수히 많을 테지만, 그것이 피아노여서 괜찮았다고 생각한다. 무작정 마음을 줘 버릇하는 어린 시절엔 그런 것들이 많고, 그럼에도 호되게 당해서 몇 달쯤 마음을 못 쓰게 만들거나 하지 않아 더욱 좋았던 것 같다. 그래서 아직도 피아노란 듣는 것이 아닌 보는 쪽에 가깝다고 믿는다. 단순히 물리적으로 만들어지는 게 아니라 손끝으로 흘러들어와 뿜어져 나오는 것이라고. 두 개체 간, 일종의 전염 같은 것이라고.

4장

나와 당신

그날의 계절, 그날의 기분

언젠가, 조명을 틀지 않아 한가득 어스름이 내려앉은 거실에서 내가 말했다.

"우리, 태안 한번 가보는 건 어때?"

창을 타고 바람이 들어오면서 자꾸만 애인의 머리를 쓸어 넘겼다. 그때마다 눈썹이 힐끗 드러났다 사라졌다. 애인은 잠시 고민하더니 흔쾌히 대답했다. 그러자고, 그러고 보니 태안은 한 번도 함께 가본 적이 없는 것 같다며 맞장구를 쳤다.

나른한 평일 오전이었고, 날씨는 대체로 흐릿했다. 태안은 그리 멀지 않았다. 성수기가 제법 지났음에도, 예상보다 관광객들이 많아 놀랐다. 바닷바람이 매섭게 불었다. 확실히 육지에서 맞는 바람과는 그 세기가 달랐다. 비로소 바다에 왔음을 실감할 수 있었다. 사람 말소리에 반쯤 파도 소리가 섞여 들려왔다. 우리는 그 소리에 집중한 채 정처없이 주변을 거닐었다. 마음에 각별한 사연 하나를 묻어둔 사람처럼, 무언가에 홀린 사람마냥 정처없이 그렇게.

내가 태안을 찾은 데에는 이유가 있었다. 다름 아닌 애인과 이곳에 다시 꼭 오고 싶었다. 처음 태안에 온 것은 두 해전 겨울이었고, 취재 차였다. 막연한 불안감에 몸서리치던. 내겐 유독 어렵고, 힘든 시절이었다. 그때, 나는 일상이 불규칙했다. 많은 사람을 만났고, 많은 이야기를 나눴다. 내 직업에 관해서든, 금전적인 보상에 관해서든 무엇 하나 확신할 수 없는 상태였다. 하루하루가 마치 난해한 문장처럼 느껴졌다. 쉬이 와닿지는 않지만 어떻게든 이해하고 싶었고, 그 무의미함 속에서 각별한 의미를 건져내려 애썼다.

그 무렵, 나는 고민이 깊어지자 어느 순간부터 불면증에 시달렸다. 최악의 상황을 상정해두고, 차악의 선택지를 찾느라 밤을 새웠다. 내게 닥칠 위험 요소가 무엇인지 미리 파악해놓지 않으면 하루라도 마음이 편치 않았다. 다가올 불행을 사전에 염두에 두고, 대비하는 데에 온 힘을 쏟았다. 그런 시절, 그런 마음과 기분으로 떠난 태안이었다. 새해 첫 취재였다.

당시, 태안은 영하를 웃도는 날씨였다. 살을 애는 추위에도 불구하고, 사람들은 태연하게 굴을 캐고, 낚싯대를 걸었다. 철새가 드물게 비쳤고, 바람이 수시로 불었다. 썰물은 벽면에 제 물자국을 드리우며 얕고 천천히 빠져나갔다. 바닷물이 제법 빠지자 수심에 가려졌던 맨 땅과 함께 어민들이 터놓은 물길이 고스란히 드러났다. 해가 기울며 열꽃처럼 노을이 졌고, 나는 여전히 불안했다. 내가 취재를 하기로 예정했던 철새는 예상한 것과 달리 터무니없이 초라했기 때문이었다. 남겨진 낙곡이 많지 않은 것인지 철새는 논에 발을 오래 붙이지 않았다. 어젯밤 밤새 그려놓은 그림과는 전혀 다른 모습이었다.

당장의 취재를 진행하면서도, 나는 무엇도 확신할 수 없었다. 사전 기획과는 조금 차질이 있었지만, 마땅한 해결책이 있는 것도 아니었다. 다음 취재지는 간월도였는데, 물때가 맞아야만 간월암으로 드는 길이 열리는 터라 더 이상 시간을 지체할 수도 없었다. 그렇게 서둘러 향한 간월도에선 다행히 마음을 놓았다. 관광객도 제법 많았고, 무엇보다 운치가 있었다.

새해 초, 간월암은 사람들로 북적였다. 다들 종이에 소원을 담아 적느라 바빠보였다. 절 한 켠에선 해풍에 건조되듯 소원이 적힌 흰 종이가 일제히 바람에 나부꼈다. 나는 그 모습을 옆에서 가만히 지켜보았다. 소원을 적느라 찬 바람에 보풀처럼 튼 손이며, 붉다 못해 옅은 보랏빛을 띤 노을, 하얗게 번지던 입김, 바람을 새겨넣으며 일렁이는 바다의 표면같은 것들을 그저 한없이 바라봤다. 그리고, 그 순간 나는 왠지 모를 외로움을 느꼈다. 어딘가 소외된 기분을 지울 수가 없었다. 컴컴한 불안감 속에서도 비어져 나오는 감동 때문인지, 그저 평소 감기처럼 들던 마음의 허기가 느닷없이 찾아온 탓인지 알 수 없었다. 그저 한없이 커져가던 감정의 기복만이 선명하다. 그 기이한 감정의 무늬를 무어라 설명해야할까. 나는 잘 모르겠다.

내가 애인에게 보여주고 싶었던 것은 바로 그날의 풍경이었다. 그러니까, 불안한 마음을 비집고 눈에 들어오던 아름다움. 그날의 날씨, 계절같은 것들. 가능하다면 출처를 알 수 없는, 다만 사무치게 휩싸였던 그날의 기분까지도.

근처 식당에서 한 끼를 때우곤 우리는 간월도로 향했다. 노을이 질 무렵이었고, 바닷바람은 여전히 드세게 불어왔다. 간월도 초입에 다다라서는 마주쳤던 풍경을 다시 한번 보는 듯한 기시감이 일렁였다. 하지만, 그것이 전부였다. 물때가 맞지 않은 탓인지, 물길은 수심에 가라앉아 비치질 않았다. 다급한 내 마음과 달리, 한참을 기다려도 바닷물은 도저히 빠질 기미가 없어 보였다. 노을만 차츰 짙어지며 사방에 어스름을 채우고 있었다. 애인은 그런 내 심정을 이해했던지, 바다

한가운데에 섬처럼 떠 있는 간월암을 보곤 연신 감탄을 쏟아냈다. 하지만, 그것은 내겐 지극히 초라한 광경이었다. 보여주고 싶은 풍경과는 전혀 다른 모습이었다.

결국, 우리는 근처 항구를 서성였다. 해풍에 잘 말라가는 생선이며 자맥질하듯 맥없이 몸을 기우는 배, 소쿠리에 담긴 해산물 같은 것을 감상하다, 전어 굽는 냄새를 옷에 밸 정도로 가득 맡고는 끝내 발걸음을 돌렸다. 돌아가는 길, 나는 아쉬운 마음에 그날의 취재를 애인에게 자꾸만 반복해 들려주었다.

나는 내가 줄 수 있는 것 중 가장 극적이게 아름답던 순간을 전해주고 싶었다. 내가 왜 그 모양이었는지, 무엇이 나를 그토록 난데없는 기분에 사로잡히게 만든 것인지는 아무래도 중요하지 않다. 그저, 한없이 가라앉던 기분, 가라앉던 수면, 갈피를 잡지 못하고 가라앉던 마음. 단지, 그 혹사되는 감정 속에서도 희석되거나 중화되지 않던 어떤 아름다움을 보여주고 싶었을 뿐이었다.

특유의 감식안으로만 식별되는 아름다움이 있다. 어둠에 길들여진 눈(目)이 여분의 빛을 받아들이듯, 하나의 풍경이 오직 자신에게만 선명한 아름다움으로 다가오는. 말로 수렴되지 않지만, 또렷하게 인식되는 심미적인 감각. 그날의 아름다움은 분명 그런 것이었다. 매번 찾아오는 겨울이고, 대체로 흔한 풍경이었지만, 평소와는 다른 마음이 있었다. 누군가와도 나눌 수 없는 외로움이 있었다. 그런 감정에서만 이식되는 아름다움이 그 순간에는 분명 존재했다. 언제쯤 우리가 함께 그날의 풍경을 다시 볼 수 있을까. 당신에게 있어, 또 나에게 있어 그런 극적인 순간이 다시 찾아오기는 할까.

별이와 달이

집으로 돌아와 문을 열기 전부터 소란스러운 기척이 느껴졌다. 무언가가 부산스럽게 움직이며 짖는 듯한 소리였다. 내가 약간의 의문과 의심, 그리고 피로가 얽힌 얼굴로 현관문을 열고 들어섰을 때, 거기엔 작은 개 두 마리가 나를 보며 짖고 있었다. 생전 처음 보는 개들이었다.

"미안해, 어쩔 수 없었어."

애인이 눈물 고인 얼굴로 말했다. 두 눈이 붉게 부어 있었다. 개들은 나를 경계하느라, 연신 쉴 새 없이 짖어댔고 거실에선 습하고 퀴퀴한 사료 냄새가 진하게 퍼졌다. 집 안 가득 개 냄새가 났다.

"무슨 일이야."

나는 그렇게 물어놓곤 바닥에 눌러앉아 가만히 주워들었다. 애인이 가까스로 울음을 참으면서 얘기했다.

개를 처음 본 건 사내 매점에서였다. 버려진 개였는데, 사장님이 그냥 두고 볼 수가 없어 데려와서는 변변한 입양처가 구해지지 않아 난처한 모양이었다. 애인은 임시라도 돌봐주겠다고 선뜻 나서서 개를 받아왔다. 한데, 그중 한 마리가 유독 움직임을 보이지 않는 게 이상했다고. 물을 마시거나 사료를 먹는 때를 제외하곤 통 일어날 기미가 없었다고 했다. 이런 사정을 말하는 와중에도 어느 샌가 자신이 붙여준 이름으로 불러가며 얘기하기 시작했다. 달이, 별이, 하며 제 이름인 줄도 모르고 관심 없어 하는 애들을 앞에 두고 애인은 그렇게 말했다. 암컷은 달이고, 수컷이 별이야.

진단을 받았다. 가만히 바닥에 주저앉아 있는 달이는 무릎쪽 상태가 좋지 않았다. 더구나 배 부근엔 오백 원 동전만 한 종양이 겉으로 다 드러날 정도로 부풀어 있었다. 별이의 상황도 마찬가지였다. 입안엔 온통 치석이 가득 껴 있었고, 무엇보다 심장이 좋지 않았다. 이대로라면 이 년도 채 살 수 없을 거란 말을 들었다. 수술을 해도 좋지 않고, 한다 해도 나아지지 않는 상황이었다. 마취 도중 죽을 수 있는 확률도 삼십 프로나 된다고 했다. 둘 다 중성화는 하지 않았다. 더구나 달이는 그 작은 몸으로 임신을 서너 번쯤 한 상태였다. 아니나 다를까, 이야기하는 내내 별이는 달이의 뒤춤을 들추며 교미하려는 시도를 멈추지 않았다. 무릎뼈가 어긋나 수시로 주저앉는 달이를 두고도, 별이는 계속해서 같은 행동을 반복했다. 우리는 그 광경을 참담한 심정으로 바라봤다. 어떤 본능이 살아남아 그러도록 부추기는지 알 수 없었지만 그건 아주 질긴 인연처럼, 떼려야 뗄 수 없는 천성처럼 별이에게 깊게 박혀있었다. 그건 잘못된 운명대로 흘러갈 수밖에 없는 철저한 비극처럼 보였다.

이후, 시간이 어떻게 흘러가는 줄도 모르게 지나갔다. 나는 어떻게든 해결되리란 근거 없는 낙관으로 이 모든 상황을 견뎌냈다. 그 과정에서 많은 일들이 벌어졌고 결과적으론 크게 나쁘지 않은 쪽으로 흘러갔지만, 마냥 기뻐할 수는 없었다. 수시로 사장님께 양해를 구하면서 하나씩 치료를 진행해 나가면서 들은 얘기들은 고스란히 애인에게 큰 상처가 됐다. 왜 애꿎은 일에 돈을 들이면서까지 자신을 불편하게 만드냐고, 하는 소릴 들었을 땐 며칠을 괴로워했다. 애인은 자신에게 남긴 말을 다 잊지 않고 기억해 두었다가 밤이 되면 조심스레 내게 털어놓았다. 고백하듯 말하는 내내 그 누구도 흉을 보지 않았고, 제게 상처를 새겨 넣은 사람에게 어떠한 원망도 갖지 않았다. 오히려 의도가 뻔히 보이는 말에도, 최대한 속뜻을 헤아려 받아들이려고 노력했다. 나는 그 모습이 안쓰러우면서도, 놀라웠다. 애인은 늘 내게 이렇게 물었다.

"정말 내가 잘못한 걸까. 누군가를 난처하게 만든 일일까."

몇 번의 수술을 치르고 그 과정에서 많이 울고, 난처함과 당혹스러움이 적당히 섞인 시간을 다 보냈다. 별이와 달이의 모습에선 수척한 기미라곤 더이상 보이지 않았다. 점차 살이 붙으며 확실히 이전보다 눈에 띄게 활력이 돌았다. 아직 더 자랄 날이 많이 남은 아이처럼 날마다 태가 남다르게 바뀌어 갔다. 그리고 그제야, 입양 받길 원한다는 사람들이 드물게 의사를 표해왔다. 나는 그 사실을 순조롭고 다행인 양 여겼지만, 한편으론 크게 기쁘지 않았다.

입양을 받기로 한 건, 다름 아닌 주말농장을 차린다던 사람이었다. 직접 농장에 방문했을 땐, 손수 울타리를 치느라 정신없던 차였다. 간이 컨테이너 앞엔 마침, 달이와 별이의 이름이 쓰인 나무 팻말이 비스듬히 박혀 있었다. 플라스틱 수납함을 개조해 만든 집도 눈에 집혔다. 안에는 편히 쉴 수 있도록 보드라운 방석이 깔려 있었다. 달이와 별이는 아까부터 주위를 뛰어다니며 냄새를 맡곤, 제 집인 걸 실감한 듯 곳곳에 영역표시를 했다. 보는 내가 다 서운할 만큼, 금세 정을 붙이곤 눈에 집히는 모든 사람에게 달려가 애교를 부렸다. 그래도 다행이었다. 걱정보단 서운함이 여러모로 나았다. 그렇게 두 아이를 보내고 오는 차 안에서 애인은 몹시 속상해했다. 마음이 놓이면서도, 한편으론 그간 지내온 시간을 쉽사리 소화시키지 못하는 듯했다.

그렇게 다시 일상의 제자리로 정상으로 회복되는 것 같았다. 집 전체에 낮게 깔려있던 근심의 기색도 거진 다 사라진 듯 보였다. 입양 받은 분의 연락을 통해 주기적으로 달이와 별이의 소식을 접할 수 있었다. 사진 속에서 달이와 별이는 이전의 윤곽은 남아있지만, 모습이 많이 달라져 있었다. 그새 몸이 더 붙고 털에 윤기가 났다. 그동안 스트레스성 불면증에 시달리던 애인은 간만에 달게 잠을 잤다. 밤사이, 이를 가느라 턱에 통증이 올 정도였는데, 이제는 그렇지 않았다. 늘 잠을 필요로 하는 표정을 짓던 예전과 달리, 확실히 개운한 얼굴을 지어 보일 때가 많았다. 우리가 어떤 고비를 겨우 넘어왔고, 그래서 앞으론 좋은 일만 생길 거라는 순조로운 암시가 어렴풋이 매만져졌다. 그러자, 문득 애인에게 궁금한 마음이 일었다. 이토록 경계를 허물고 들어오는 민주의 마음은 무얼까. 이렇게 빈번히 한 세계를 향해 제 몸을 밀어 넣는, 그 한복판에서 철저하게 무너지는 사람의 마음은 도대체 무엇일까 생각했다. 나는 그게 미안했고, 어느 때는 의아해 견딜 수 없었다.

하지만, 잠시의 안도감은 얼마 가지 않았다. 달이와 별이의 소식이 들려오지 않게 되자, 애인은 그 사실을 불길한 증상처럼 받아들였다. 해서, 하루가 멀다 하고 애인은 초조한 심정으로 종일 휴대폰만 붙잡고 연락을 기다렸다. 나는 그런 애인에게 위로랍시고, 날마다 연락하는 것도 일이지 않느냐 며 둘러댔다.

거우 연락이 닿았다. 실은 답이 통 없자 무작정 방문하겠 다는 말을 일방적으로 통보하고 나서야 받은 답장이었다. 통 화 내내 입양을 받은 사람은 심하게 말을 더듬었고, 또 대화 에 두서가 없었고, 무언갈 가리려는 듯 화제를 계속해서 돌리 려는 말을 이어가는데, 우리가 그 사실을 모를 리 없었다. 단 도직입적으로 얘기했다. 별이와 달이의 안부를 물었다. 그리 고 뜻밖의 대답을 들었다. 아이들이 없어졌다는 거였다.

마당에 풀어놓고, 점심을 먹느라 잠시 외출한 사이 사라졌 다고. 간이 울타리도 쳐 있고, 더군다나 플라스틱 박스에 넣 어 두고 온 참이었는데도 감쪽같이 없어졌다는 것이었다. 인 적이 드문 곳이라 CCTV가 있는 것도 아니어서, 찾을 도리가 없었다고 했다. 제 사정을 해명하는 내내 미안한 기색을 감 추지 못했지만, 우리로서는 쉬이 이해할 순 없는 노릇이었다. 애인과 나는 한동안 얼이 빠진 듯 허공만 바라봤다. 도대체 이게 무슨 일인가, 싶었다. 아주 단순하고, 명료한 사실이. 사 라졌다는 그 말이, 해석되지 않는 문장처럼 오래 머릿속을 떠 다녔다. 이해되지 않는 건 아니었지만, 온전히 받아들여지지 않았다. 말 하나하나에 불명확한 이물감을 느껴졌다. 조금의 시간이 지나고, 말에 들러붙어 있던 거북함이 다 가시고 나서야 우리는 완전히 납득할 수 있었다.

　주말에 농장을 찾아, 달이와 별이의 모습이 인쇄된 전단지를 곳곳에 붙였다. 주위를 샅샅이 살피고, 근처 아무나 붙잡곤 행방을 물었다. 방문객들의 연락처를 받아 일일이 전화를 걸어 사정을 말하는 일도 마다하지 않았다. 그러나 우리가 할 수 있는 일은 그다지 많지 않았다. 그래도, 지푸라기 잡는 심정으로 할 수 있는 일이라면 뭐든지 했다. 본격적인 장마가 시작되면서, 우리는 전단지 한 장 한 장을 인쇄해 코팅하는 일에 몰두했다. 혹여 종이가 비에 젖어 찢기기라도 한다면 어쩌나 싶어서였다. 그렇게 하루, 또 하루가 거듭 지나갔다. 큰 성과 없이 시간은 흐르고, 반복적이고, 마음은 물기를 잃고 서서히 말라가고, 점차 무뎌졌다. 종일 내내 불안함을 달고 살던 예전과 달리, 마음에 긴장이 풀리고 약간의 여유가 생겼다. 더이상 이전만큼 안 좋은 경우들을 가정하고 힘들어하지 않았다. 어느덧 근거 없는 낙관이 자라났다. 당시에 나는 별이와 달이가 어디선가 좋은 사람들을 만나 잘 살고 있을 거라고 생각했다. 불분명한 근거들을 속속들이 찾아내 사실처럼 여겼다. 주말농장에 잠시 들른 가족이 버려진 유기견으로 오해해 데려갔을 거라고. 주위 마당에 풀어놓은 강아지들이 가구 곳곳마다 널려 있었는데, 별이와 달이만 그렇게 감쪽같이 사라진 건 말이 안 된다고 믿었다. 순간의 괴로움이 찾아들자 그런 생각은 굳어져 확신에 가깝게 자리 잡았다.

시간이 흐르며 나는 놀랍도록 안정을 되찾았다. 이제는 예전만큼 힘들어하지 않는다. 그렇더라도 무언가 비어져 나오듯 두 아이를 떠올린 적이 몇 번 있긴 했다. 하지만, 잠깐의 힘듦이 잦아들면 없던 일인 양 금방 일상으로 돌아왔다. 그때마다 나는 내가 어떤 사람인지를 명확히 이해할 수 있었다. 세계가 거리를 좁혀 올 때 두 팔 벌려 받아드는 사람이 아닌, 그 충돌을 피하고자 최대한 부피를 좁히는 사람이라는 걸 실감했다. 그러자 이제껏 내가 누군가를 가까스로 외면하며, 또 알량한 선의를 내비치며 살아왔을 거라는 생각이. 언젠가 타인을 조용히 박해한 사람일지도 모른다는 생각이 들었다. 그 생각에 괴로웠지만, 변한 것은 없었다. 달라지는 것은 아무것도 없었다.

사물의 시선

늦은 오후, 당신이 말했다.

"내가 예전에 어떤 영화를 봤는데 말이야."

매일이 주말처럼 여겨지던 날이었다. 시간 감각이 무뎌져 어제와 오늘을 분간할 수 없을 정도였다. 이전에는 시간이 액체처럼 흐르는 듯 느껴졌었는데, 요즘에는 돌처럼 단단히 굳어가는 듯했다. 날마다 시간을 들어 어디론가 멀리 던져버리고 싶었다. 그렇지만, 시간은 늘 어제와 같은 모습을 하고선 처음 본 듯 낯설게 찾아왔다. 달라지는 것은 없었다.

"한 여자가, 자신의 남편을 찾으러 가는 영화였어."
"실종된 거야?"
"그건 아니고….."

당신은 기억을 더듬어가며 말을 이었다. 이 년인가, 아니 삼 년이었던가. 아무튼 긴 시간, 소식이 끊긴 남편을 찾으러 간다는 내용의 이야기였다. 그는 오랜 시간 타지에서 인부로 생활을 꾸려가던 차였다. 허물을 벗듯 무언가를 끊임없이 버리면서, 방치하고 남기면서 거처를 옮겨 다녔다. 늘 최소한의 상태를 유지했다.

"그래서 결국엔 찾았어?"

"아니."

"그럼?"

"계속 놓쳐, 한 박자씩. 남편이 지나간 흔적들만 계속 찾아다니는 거야. 늘 그리워하는 모습으로, 영화가 끝날 때까지."

"슬픈 얘기네."

당신이 응, 슬퍼라고 대답했을 때, 어디선가 틈을 비집고 바람이 불어왔고 문득 며칠간 귀찮다는 핑계로 내버려두었던 쓰레기봉투가 떠올랐다. 묶어 놓았음에도 불구하고, 연신 쓰레기를 욱여넣었던 터라 한껏 부풀어 있었다. 금방이라도 터질 것 같았다.

"남편은 어떤 사람이야?"

"음….."

잠시 뜸을 들이다 모르겠다고, 말했다. 나는 그게 무슨 뜻인가 싶어 되물었다. 그 사람의 성향을 알 수 없다는 것인지, 이해할 수 없을 만큼 불가사의한 사람이란 의미인지 분간이 가지 않아서였다.

"남편이 영화 내내 한 번을 등장하지 않거든."
"어떻게 그럴 수 있어?"
"그가 남긴 자취, 누군가의 소문과 증언, 잠시나마 비치는 어렴풋한 실루엣이 다야."

당신이 말을 이었다. 그 사람의 모습을 모르는데도, 알 수 없고 또 드러나지 않는데도, 이상하게 어디선가 보았던 것만 같은 기시감이 든다는 거였다. 그가 남긴 흔적들이 마치, 그 사람의 얼굴을 닮기라도 한듯이. 덩그러니 놓여있는 사물이 그의 표정 같고, 집 안 가득 고인 고요와 냄새가 그의 유언이나 사연처럼 느껴진다고. 어쩌면, 그것이 매번 남편의 부재를 알아차리면서도 그녀가 불길한 미래를 향해 걸어가듯 찾아나서는 이유일지도 모르겠다고 했다.

"그런데, 어느 순간부터는 그가 없다는 사실에 안도감이 들더라고."
"왜?"

처음은 자신이 상상한 모습대로, 진부하고도 뻔한 결말처럼 재회하길 기다렸다. 적당히 어긋나고 헤매다, 우연처럼 닿길 바랐다. 하지만, 둘은 철저히 계산된 필연처럼 엇갈렸고, 그 만남이 지연될수록 점차 불안해졌다. 아니, 무서웠다. 그녀는 누군가 동전처럼 흘리고 간 소문과 무성의한 대꾸를 듣곤 길을 나섰다. 종종 크게 사고를 당했다는 얘기나 다른 여자와 바람이 나 도망갔다는 소식도 들려왔다. 그것은 그녀에게 별다른 문제가 되지 않았다. 삶에서 많은 불화를 겪어본 사람처럼 의연했고, 불길한 소식에도 개의치 않을 만큼 단단한 면이 있었다. 그런 그녀를 휘청이게 만드는 건 다름 아닌 밀물처럼 밀려오는 고요였다. 빈번히 남편의 부재와 맞닥뜨리면서 마주치는, 없다는 사실을 더욱 완벽하게 상기시키는 정적. 부재가 존재의 없음을 말하는 것이 아니라 없음이 있음의 상태로 들어차 있는 것 같은 사실적인 감각. 그곳엔 모든 걸 지켜보았음에도 무엇도 말해주지 않은 채, 무심히 응시하는 사물들의 시선만이 남아있었다. 부재는 매번 그런 식으로, 없음을 가장한 없음의 단서들을 열거하며 더욱 남편의 부재를 실감토록 만들었다.

그녀는 끝내 다시 걸을 순 있었으나 몸 한구석이 불편한 사람처럼 주저하기 시작했다. 상처를 지닌 사람이 타인을 경계하듯 움츠러들었다. 상실의 감각은 도무지 익숙해지지 않았다. 상실이 그토록 위력적인 건, 어쩌면 바로 저 무심함 때문이 아닐까. 아직 물을 것이 많은 이가 상대로부터 어떠한 대답도 들을 수 없다는 것. 그저 눈이 어둠에 익숙해지듯 남겨진 사람이 어떻게든 속수무책으로 상대의 부재를 받아들여야만 한다는 것. 그렇기에 누군가의 상실을 소화시키는 과정이란 그 모순을 견디는 일이 아닐까. 없음이 더 없어지도록, 잠겨 가라앉도록.

"넌 어떻게 할 거야?"
"무슨 말이야."
"내가 어느 날 없어지면, 어떻게 할 거냐고."
"그야 나도 찾으러 가겠지."
"내가 어디에 있는 줄 알고?"
"넌 만두를 좋아하잖아."

당신이 잠시 당황한 듯 나를 물끄러미 쳐다봤다.

"세상 모든 만두 가게를 찾아다니다 보면 언젠가 찾을 수 있지 않을까."
"그게 뭐야."
"넌 김치 만두를 좋아하니까, 세상 모든 김치 만두 가게를 찾아다닐 거야."

어이가 없으면서도 조금은 웃긴 모양인지, 당신은 내 장난에 곧 맞장구를 쳤다. 앞으로 맛있는 만두 가게를 찾게 되면 유언처럼 적어두겠다는 거였다.

"가장 맛있었던 순서보다 아무래도 인접한 지역 순으로 적는 게 좋겠지?"

당신이 웃으며 말했다. 한가한 오후의 늦바람이 불었고, 나도 덩달아 웃으며 고개를 끄덕였다.

나와 당신

한겨울이었지만 춥지 않았고, 주위는 밝았으나 눈에
들어오지 않았다. 사방은 죽은 듯 조용했다. 텅 빈 고요 너머
론 해가 점차 기울었다. 굳은 결심을 다진 사람처럼, 급격히
인상이 어두워지며 빠르게 젖어 들었다. 거대한 그림자를 드
리우며 어스름이 천천히 자라났다. 시간이 어김없이 흐르고
있었다.

"…"

한동안 같은 길을 반복해 걸었다. 주저가 섞인 느린 걸음
으로, 한 걸음씩 천천히. 골목은 이전에도 보았고, 그전에도
마주쳤던 모습을 하고 있었다. 점차 지루해져만 가는 풍경과
는 달리, 마음속에선 여러 말들이 분주하게 뒤섞였다. 쥐여줄
말과 들려줄 이야기를 만들어내느라 그런 거였다. 하지만, 내

가 떠올린 말들은 한번쯤 들어본 말들이었고, 그래서 시시해 보였다. 그렇게 전해지지 못한 말들이 소리없이 쌓여갈 즈음, 어느덧 발밑으론 짙게 음영이 들어찼다. 나는 그 모습을 조급한 심정으로 바라봤다. 어떤 말이라도 좋으니, 무엇이라도 묻지 않으면 안 될 것 같았다.

"춥죠?"

물어놓곤 조금은 민망해 고개를 바닥으로 가져갔다. 당신이 허공에 입김을 불며 대답했다. 공기중으로 허연 숨이 물감처럼 풀어졌다. 삶을 다 소비해, 이제 막 제 몸을 버리고 떠나려는 영혼처럼. 생의 불씨를 끈 흔적처럼 길게 이어졌다.

"네, 제법 날씨가 쌀쌀하네요."

그 말을 듣곤 잠시 망설였다. 이제 그만 헤어지자는 말인가 싶어서였다. 곧이어 나는 당신의 말을 과장하여 해석하기 시작했다. 어디든 실내로 들어가자고 넌지시 제안하는 걸까. 아니, 이럴 때 겉옷을 넘겨줘야 하나. 혹여 또 실례가 될지도 모를 텐데. 어쩌면, 마땅한 계획 없이 밖으로 나선 걸 나무라는 건 아닐까.

"그래서, 좋아요."

나는 방심에 놀란 듯한 얼굴로 슬며시 당신을 바라봤다. 당신은 미간을 한껏 좁히며 무언가에 골몰하고 있었다. 말을 고르려는 것 같았다.

"선명해진다고 해야 하나, 이 사실적인 감각이 좋아요. 몸이 팽창하는 기분이 들어요."

내 볼품없는 말과 달리, 당신의 대답은 아주 근사했다. 사실, 그날 당신이 내게 쥐여준 말 중 태반을 알아듣지 못했지만 크게 신경 쓰지 않았다. 알 수 없어도 좋고 몰라도 괜찮다는 마음이었다. 그보다 방금 전. 당신이 내게 들려준 말이 참 자상하다고 생각했다. 저 혼자 외롭게 있던 내 말에 겉옷을 덮어주고 다독여 주는 것만 같았다. 그리고 어떤 질문은 대답으로 다시 태어날 수 있음을. 여러 갈래의 음으로 되울리는 메아리처럼, 사소한 질문에 의미를 덧씌워 의도보다 더 멀리 뻗어나가게 할 수 있다는 걸 실감했다. 더욱이, 그 대답이 배려가 깃든 선의에서 비롯되었을 경우 더없이 자상하다는 점도.

나는 멀거니 당신을 바라보다 이내 멋쩍게 웃어 보였다. 내게 보이는 행동에서 어떤 호감을 발견한 것 같아 내심 기분이 좋아서였다. 걷는 일 외에 할 수 있는 일은 많지 않고, 그래서 우리는 서로를 묻는 것과 서로를 알아가는 것, 서로를 드러내고 발견하는 것, 각자 자신이 지나온 삶의 궤적을 가만히 들어보는 것, 그러다 가끔 겹치는 삶의 순간들을 맞대어 보곤 작게 웃고, 비슷비슷한 삶의 모양새를 함께 더듬는 일에 집중했다. 주위는 컴컴했다. 우리 둘 사이로는 실처럼 가늘면서도 단단한 무언가가 자라난 듯 느껴졌다. 나는 당신에게 더욱 적극적으로 말을 붙이며, 그 실들을 단단히 엮고 싶었다. 실들을 묶고, 또 묶어 풀리지 않도록 둘러 감고 싶었다. 그렇지만 서툴게 매듭지으려는 마음은 없었다.

겨울 추위는 밤처럼 짙고, 우리는 그것을 개의치 않을 만큼 어렸다. 나는 이 순간이 얼마나 서툴고 우스운지 전혀 상상조차 하지 못했다. 다만, 어떤 식으로든 기이한 무늬로 남아 지워지지 않을 것이라는 예감이 들었다. 결정적인 장면처럼 새겨져 있을 거라 생각했다. 물론, 내 의지의 문제만은 아니었다. 어느 기억들은 내 의도와 상관없이 쌓이고, 남겨져 있다는 걸 경험으로 깨우친 바가 있었다. 기억은 가끔 나 자신을 타인처럼 대하곤 했다. 전혀 면식 없는 사람을 소개하듯, 불현듯 나타나 내 감정을 소진시켰다. 하지만, 지금 당장의 모습은 너무나 사실적이고 다른 무엇들로 대체될 수 없을 만큼 완벽했으므로, 이 장면이 내게 낯설게 다가올 순간을 떠올릴 수 없었다. 희미해져 옅어질 순 있어도, 결코 사라질 것 같지 않았다. 여러 감정으로 복기될 수는 있어도, 다른 기억들로 대체될 순 없을 것 같았다.

주황빛을 가득 받은 골목은 시든 꽃처럼 눅눅했다. 퀴퀴한 냄새가 밴 바람이 일상의 소음들을 실어와 당신과 나 사이의 침묵을 자꾸만 게워냈다. 그 덕에 말을 하지 않아도 말을 쏟아냈을 때처럼 아늑한 기분이 들었다. 외롭다는 느낌이 덜했다. 굳이 사람 말이 아니더라도, 사람이 만들어낸 각종 소리가. 그들의 생활이 내는 소음이 다행으로 느껴졌다. 말의 맥이 짚이다가 말다가를 반복하며 뭉그러져 들렸다. 거듭 되풀어 걸은 탓에 발바닥에서 노곤한 열기가 올라왔다. 골목은 하나같이 비슷한 모습을 하고 있었다. 때문에, 당신이 지루해하지 않을까 내심 조바심이 났다. 비스듬히 내비치는 얼굴을 자주 들여다보며 반응을 살폈다. 당신은 여전히 말끔한 낯빛을 띠고 있었다. 뭐가 우스운지 작게 미소를 지을 때면, 눈가가 한껏 좁혀지며 푸근한 인상을 만들어냈다. 가끔은 당신의 시선이 나를 향하고 있다는 게 믿기지 않을 만큼 비현실적으로 여겨졌다. 종종 눈을 맞추다가도 이제 막 꿈에서 깨기라도 한 듯, 몸을 들추었던 건 바로 그 까닭이었다. 각자의 시선이 다름 아닌 서로를 향하고 있다는 사실을 그제야 알아차렸다.

"저기서 좀 쉬다 갈까요."

간판 불이 꺼진 가게 앞 벤치를 가리키며 내가 말했다.

"너무 일찍 나온 것 같네요."

"괜찮아요, 날이 좋아서 개운한데요."

자리에 앉아 주위를 가만히 훑었다. 다 헤져 반쯤 벗겨진
페인트로 성진 비디오라 쓰여 있는 간판이 눈에 띄었다. 요즘
도, 비디오 가게가 있나 싶었지만 큰 관심은 없었다. 그 외에
도 사람이 몇 없는 해장국집과 지루하게 시간을 견디고 있는
편의점, 이른 시간부터 문을 닫은 술집들이 잇달아 보였다.

"저거, 봐요."
"네?"
"저기, 저거."

당신이 뻗은 손끝에는 작은 고양이 한 마리가 의아한 듯
우리를 응시하고 있었다. 검고, 희고, 노란색이 적당히 섞인
얼룩 고양이었다.

"콩떡 같다, 그죠."
"어떤 거요?"
"저 고양이요, 색이 꼭 콩떡 같잖아요."

당신의 말대로 언뜻 닮은 구석이 있었다. 검은 반점이 영
락없는 콩떡 같았다.

"콩떡아."

이어 나는 상대의 이름을 부르듯 고양이를 향해 외쳤다. 고양이가 눈을 크게 치켜뜨며 반응했다.

"저희가 붙여준 이름을 아나 봐요."

당신이 작게 웃었다. 나는 그게 좋아 다시 이름을 불렀다.

"콩떡아."

고양이가 다시 내 쪽을 향해 고개를 틀곤 뚫어져라 눈을 맞댔다. 그러곤 몸을 동그랗게 말아 움츠렸다.

"놀라서 그런 거예요."
"네?"
"이름 때문이 아니라, 우리가 내는 소리에 예민해져 경계하는 거예요."

몹시 부끄러웠지만, 빤히 쳐다보는 당신의 시선이 마냥 싫지는 않았다. 괜한 낯뜨거운 눈길 속에서도 다정한 온기를 느꼈다. 모욕을 주는 일과는 달리 어떤 상냥함을 발견할 수 있었다.

"고양이, 저기 가네요."

고양이는 제 몸집에 족히 배가 넘어 보이는 담장을 가뿐하게 오른 뒤, 허리를 세우곤 주위를 두리번거렸다. 괜히 자리를 내쫓은 것 같아 민망했다. 그렇다고, 다시 이름을 불러 세워놓을 수도 없는 노릇이었다.

"괜찮아요, 어차피 저희가 자리를 뜨면 다시 올 거예요."
"그렇겠죠?"
"네, 아무래도 자신의 영역이 있을 테니…."

골목 안으론 문틈 외풍처럼 바람이 들고, 시간은 평소처럼 지나가고, 당신과 나 사이에는 이렇다 할 여지 없이 끝날 것 같은 예감이 드는데, 그러기엔 우리 앞으로 펼쳐진 풍경은 무슨 일이라도 일어나지 않으면 안 될 것 같은 모습을 하고 있었고, 그래서 나는 당신에게 했던 말을 습관처럼 되풀며 묻고, 또 묻고, 물으면서 이 순간을 어떻게든 유예하길 바라고 있었다.

"내일 뭐 해요?"

내가 물었다.
"음, 별일이 없다면 오늘과 비슷하지 않을까요."

그때, 나는 당신의 말 하나 하나를 해석하듯 들었다. 당신으로부터 신호를 읽어내려 애썼다. 어떤 말들은 도무지 이해할 수 없었고, 또 어떤 말들은 어렴풋이나마 그 의미를 헤아릴 수 있을 것만 같았다. 그러면서도, 나는 종종 당신의 신호를 오역하는 건 아닐까 불안했다.

"오늘, 무슨 일 있었는데요?"

뭐가 됐든, 나는 당신으로부터 간명하고도 명확한 사실을 확인하고 싶었다. 대체될 수 없고 부정할 수 없는 무언가를, 듣고 싶고 또 믿고 싶은 마음을.

곧, 당신이 웃음 띤 얼굴로 말했다.

"우리, 오늘 만났잖아요."

당신의 대답은 오늘의 하루를 다시 사는 것과 같은 말이었고, 반복해 살아도 좋을 만큼 나는 내일이 그리워졌다.

에필로그

글을 쓰며 자주 든 생각이 있다. '나는 왜 쓰는 것일까?' 하는 의문이었다. 나는 왜 계속 쓰는 걸까. 나는 쓰면서 무언가 바라는 게 있는 걸까. 쓰지 않으면 안 되는 이유라도 있는 걸까. 고민이 깊어질 때, 가장 좋은 해결책은 단순하게 생각하는 것이다. 있는 그대로 받아들이는 일이다. 그래서, 나는 맹목적으로 글을 썼다. 어찌 됐든, 쓰기만 하면 답을 찾아가고 있다는 안도감이 들었다.

버릇처럼 쓰며, 나는 나를 정당화하기 시작했다. 이성의 마음에 들고 싶어 자신을 과장되게 포장하는 이십 대 초의 연애처럼 그랬다. 그러니까, 나는 쓰는 행위에 거창한 의미를 부여하려 애썼다. 어디선가 '왜 쓰느냐'고 물으면, 선뜻 내놓을 그럴싸한 대답을 머릿속에 그려 넣고 있을 때였다. 돌이켜보면, 그것은 무척이나 부끄러운 일이었다. 어떤 의미로든,

내가 반드시 써야만 하는 이유 같은 건 없다.

어쩌면, 쓰지 않아도 괜찮은 일. 쓸 필요도 없는 일. 살아가며 우리는 이따금 삶의 목적론에 헤매곤 하는데, 내겐 글도 마찬가지다. 이제, 나는 내게서 꼭 써야만 하는 당위를 찾지 않는다. 그저 쓰고 싶은 사람이니까, 쓸 뿐이라는 걸 안다. 그럼에도 순전히 내 고집에 이끌려 내 글의 무대 위로 불려온 이들이 있다. 내 부모와 당신이 그렇다. 당사자의 동의나 이해를 떠나 누군가를 대상으로 글을 쓴다는 건 조심스러운 일이다. 그래서, 잘 쓰려고 노력한다. 물론, 노력이 언제나 값진 보상을 약속하지는 않는다. 나는 덜 실패하고 싶다.

시시한 투정만 늘어놓은 것 같지만, 내가 계속해서 쓰게 되는 것은 어디선가 내 글을 읽어주는 이가 존재하기 때문일 것이다. 그것은 여전히 내겐 기적 같은 일이다. 말은 '쓰고 싶은 사람이니까, 쓴다'고는 해도, 누구도 읽어주지 않는 글을 쓰는 건 참 곤혹스럽다. 이따금, 잘 보았다는 얘기를 들을 때마다, 적어도 내 글이 외로움은 타지 않겠구나 싶어 안도한다. 그렇게 내가 쓴 말이 나를 벗어나 사방팔방 다른 이에게, 저마다의 의미로 뻗어 나간다고 상상하면 왜인지 기분이 좋아진다. 그것이 말의 한계가 아닌 가능성처럼 느껴져서 그렇다. 읽는 이의 답장은 늘 내 글보다 과분하다.

내 글 속 인물들에게도 더불어 감사하다고 전하고 싶다. 글을 써야만 하는 이유는 없지만, 쓰고 싶은 이유는 수백 가지 즈음 되는데, 그중 큰 부분을 차지하는 것은 아무래도 독자인 당신이다. 우리는 서로를 모르지만, 내 글을 읽은 당신이라면 나를 반쯤 안다고 해도 좋다. 나는 이 책을 서너 해 동안 조금씩, 꾸준히 썼다. 그런 일이 가능하다면, 당신에게 그 시간의 반쪽만큼이라도 닿았길 소망한다. 9월 가을, 어디선가 이 책을 읽고 있을 당신이 부디 건강하길, 덜 울고, 조금 더 웃을 수 있길 바란다.

내게 새겨진 장면들

초판 1쇄 발행   2021년 9월 25일

지은이   이음
펴낸이   정혜운
디자인   김태욱
펴낸곳   SISO

주소   경기도 고양시 일산서구 일산로635번길 32-19
출판등록   2015년 01월 08일 제 2015-000007호
전화   031-915-6236
팩스   031-5171-2365
이메일   siso@sisobooks.com

ISBN   979-11-89533-80-9 (03800)